Zuimei Wen
最美文

陈晓辉 一路开花 / 编著

强者自救 圣者渡人

中央编译出版社
Central Compilation & Translation Press

图书在版编目（CIP）数据

强者自救　圣者渡人 / 陈晓辉，一路开花编著.
—北京：中央编译出版社，2017.1
ISBN 978-7-5117-3166-1

Ⅰ.①强… Ⅱ.①陈…②一… Ⅲ.①随笔-作品集
-中国-当代 Ⅳ.①I267.1

中国版本图书馆 CIP 数据核字（2016）第 260087 号

强者自救　圣者渡人

出 版 人	葛海彦
出版统筹	贾宇琰
责任编辑	邓永标　舒　心
责任印制	尹　珺
出版发行	中央编译出版社
地　　址	北京市西城区车公庄大街乙 5 号鸿儒大厦 B 座（100044）
电　　话	（010）52612345（总编室）　　（010）52612371（编辑室） （010）52612316（发行部）　　（010）52612317（网络销售） （010）52612346（馆配部）　　（010）55626985（读者服务部）
传　　真	（010）66515838
经　　销	全国新华书店
印　　刷	北京凯达印务有限公司
开　　本	710 毫米 ×1000 毫米　1/16
字　　数	206 千字
印　　张	14
版　　次	2017 年 1 月第 1 版第 1 次印刷
定　　价	29.00 元
网　　址	www.cctphome.com　　邮　箱：cctp@cctphome.com
新浪微博	@中央编译出版社　　　　　微　信：中央编译出版社（ID：cctphome）
淘宝店铺	中央编译出版社直销店（http://shop108367160.taobao.com）（010）52612349

本社常年法律顾问：北京市吴栾赵阎律师事务所律师　　闫军　梁勤
凡有印装质量问题，本社负责调换。电话：（010）55626985

强者自救 圣者渡人

CONTENTS

第一辑　杨澜的"加减人生"

更衣记（文/张爱玲）……002
萧敬腾咋从"恶魔"变"王子"（文/苗向东）……005
300页以后的故事（文/顺江）……007
相信自己是最好的（文/林玉椿）……009
做自己命运的设计师（文/李红都）……012
杨澜的"加减人生"（文/李良旭）……015
蒋方舟的梦想（文/旭旭）……018
一个把中国展现给世界的"95后"（文/雪炘）……020
用二十载铸造传奇（文/张云广）……026
马云的财富观（文/庐江布衣）……029

第二辑　巴金的真

上帝的另一扇门（文/文小圣）……032
颜回的学习态度（文/林振宇）……035
看见自己绚丽的影子（文/学学）……037
让人心永远向你聚拢（文/段奇清）……040
梦想从一句"谣言"出发（文/随风）……044
时来运转的登徒子（文/水玉兰）……047
巴金的真（文/刘艳梅）……050

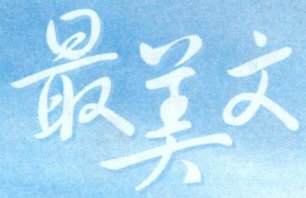

第三辑　黄侃先生的侠气

黄侃先生的侠气（文/苏打）……054
搜寻自己的梦想（文/崔鹤同）……056
勤奋上进的李克强（文/春秋）……060
他们是贵族（文/张珠容）……063
执着的刺客豫让（文/claa）……066
一只鸟接着一只鸟（文/刘代领）……069
把眼泪变成钻石（文/佳山）……072
强者自救，圣者渡人（文/随风）……074
要在火星上退休的人（文/奇清）……077

第四辑　邓紫棋：我选择永不停息的努力

成功背后（文/涂丽）……082
斗米中显人品（文/刘艳梅）……085
邓紫棋：我选择永不停息的努力（文/曾少令）……087
不妨暂时搁置梦想（文/念珠）……091
"歧视"是把双刃剑（文/朱笑寒）……094
卑微是最好的起点（文/孔超）……097
"苦"即是"补"（文/清翔）……100
活着，愿为梦想而"死"（文/徐伟）……103
张跃：一个决绝的"地球卫士"（文/彼岸花香）……106
先赚口碑，后有"金碑"（文/大可）……109

第五辑　华晨宇：音乐生命里的一道微光

机遇总会来临（文/文小圣）…… 114

假如你有两块面包（文/还君明珠）…… 116

华晨宇：音乐生命里的一道微光（文/王举芳）…… 118

给缺点化妆（文/红川）…… 122

面对痛苦，优雅转身（文/芳心）…… 124

生命的承诺（文/雪原）…… 128

刘和平：让自己成为一束光（文/麦淇琳）…… 131

劳丽诗：在心里养一朵菩提花（文/陈小蓝）…… 134

第六辑　刘醒龙：冰凌花的零度绽放

郭京飞：修炼更美好的自己，等风来（文/筱梅）…… 138

刘醒龙：冰凌花的零度绽放（文/筱麦）…… 141

把自己当作一棵安静的大树（文/素纸笺）…… 144

阿来：生命静止的光芒（文/陈溯）…… 147

曹格：人生是一条弯弯的小巷（文/陈溯）…… 149

世界最穷的总统（文/佟才录）…… 152

索菲亚·罗兰最好的一场戏（文/胡识）…… 155

传奇的背后（文/雪子）…… 157

让信念升值（文/雨街）…… 159

总统身边有一个"居心不良"的人（文/梅若雪）…… 161

第七辑　董卿的家教

介子推：烈火中永生（文/李军民）…… 166
用心书写那个属于自己的符号（文/李军民）…… 170
苏忠基："摩的"作家的美好憧憬（文/冠豸）…… 173
心中的向日葵（文/林振宇）…… 176
张雅文：当个女作家有多难（文/思想者）…… 178
董卿的家教（文/木子）…… 181
没有方向，任何风都会成为逆风（文/顺江）…… 184
从文员到CEO，一个"土鳖"的奋斗（文/一切随风）…… 187
三记耳光打出的名主播（文/随风）…… 190

第八辑　于丹的短板

命运的主人（文/陈凤珍）…… 194
最有价值的球员是母亲（文/十三页）…… 197
把糟糕数字念上50遍（文/飞鸿）…… 200
于丹的短板（文/雪雪多多）…… 202
浪是海的花，心是灵的魂（文/张君燕）…… 204
把失败的路再走一遍（文/紫蓬客）…… 207
找个合适的位置（文/潜川游子）…… 209
做替补，也一样可以气象万千（文/佳音）…… 211
一张信纸上的46个名字（文/澳大利亚）…… 214

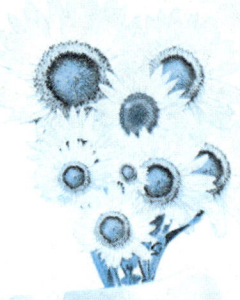

第一辑

杨澜的"加减人生"

杨澜的"加减人生",使我们看到了一个成熟、睿智的杨澜。她在加减中,加出一个真实、可爱的杨澜,减来一个简约、温婉的杨澜。她就像一个邻家小妹、大姐一样,是那么亲切、熟悉,散发出俗世里的烟火气,一点也不感到陌生和遥远。

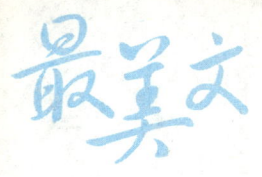

更衣记

文 / 张爱玲

衣裳常常显示人品。

——莎士比亚

如果当初世代相传的衣服没有大批卖给收旧货的，那么一年一度六月晒衣裳，该是一件辉煌热闹的事罢。你在竹竿与竹竿之间走过，两边拦着绫罗绸缎的墙——那是埋在地底下的古代富室里挖掘出来的甬道。

子孙在晾衣裳的时候把灰尘抖了下来，灰尘在黄色的太阳里飞舞着。回忆这东西若是有气味的话，那就是樟脑的香，甜而稳妥，像记得分明的快乐，甜而怅惘，又像忘却了的忧愁。

我们不大能够想象过去的世界，这么迂缓，宁静，齐整——在满清三百年的统治下，女人竟没有什么时装可言！一代又一代的人穿着同样的衣服也不觉得厌烦。开国的时候，因为"男降女不降"，女子的服装还保留着显著的明代遗风。从十七世纪中叶直到十九世纪末，流行着极度宽大的衫裤，有一种四平八稳的沉着气象。

领圈很低，有等于无，穿在外面的是"大袄"；在非正式的场合，宽了衣，便露出"中袄"；"中袄"里面有紧窄合身的"小袄"，上床也不脱去，多半是娇媚的桃红或水红。三件袄子之上又加着"云肩背心"，黑缎宽镶，盘着大云头。

削肩、细腰、平胸，薄而小的标准美女在这一层层衣衫的重压下失踪了，她的本身是不存在的，不过是一个衣架子罢了。中国人不赞成太触目的女人，历史上记载着这样一个耸人听闻的美德——譬如说，一只胳膊被陌生男子拉了一把，便将它砍掉——虽然博得普通的赞叹，但知识阶级对之总隐隐地觉得有点遗憾，因为一个女人不该吸引过度的注意。女人想出众一点，连堂而皇之的途径都有人反对，何况奇装异服，那自然更是伤风败俗了。

出门时裤子上罩的裙子，其规律化得更为彻底。通常都是黑色，逢着喜庆年节，太太穿红的，姨太太穿粉红。寡妇系黑裙，可是丈夫过世多年之后，如有公婆在堂，她可以穿湖色或雪青。裙上的细榴是女人的仪态最严格的试验。

家教好的姑娘，莲步姗姗，百褶裙虽不至于纹丝不动，却也只限于最轻微的摇颤，穿不惯裙的小家碧玉走起路来便予人以惊风骇浪的印象。更为苛刻的是新娘的红裙，裙腰垂下一条条半寸来宽的飘带，带端系着铃。行动时只许有一点隐约的叮当，像远山宝塔上的风铃。晚至一九二〇年左右，比较潇洒自由的宽褶裙入时了，这一类的裙子方才完全废除。

民国初建立，有一时期似乎各方面都有浮面的清明气象。大家都认真相信卢骚的理想化的人权主义，学生们热诚拥护投票制度、非孝、自由恋爱，甚至于纯粹的精神恋爱也有人实验过，但似乎不曾成功。

时装上也显出空前的天真，轻快，愉悦。"喇叭管袖子"飘飘欲仙，露出一大截玉腕，短袄腰部极为紧小，上层阶级的女人出门系裙，在家里只穿一条齐膝的短裤，丝袜也只到膝为止。裤与袜的交界处偶然也大胆地暴露了膝盖，存心不良的女人往往从袄底垂下挑逗性的长而宽的淡色丝质裤带，带端飘着排穗。

民国初年的时装，大部分的灵感是得自西方的。衣领减低了不算，甚至被蠲免了的时候也有，领口挖成圆形，方形，鸡心形，金刚钻形。白色

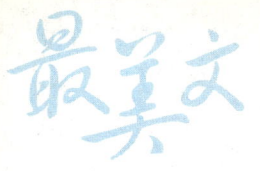

丝质围巾四季都能用，白丝袜脚跟上的黑绣花，像虫的行列，蠕蠕爬到腿肚子上。交际花与妓女常常有以戴平光眼镜为美，舶来品不分皂白地被接受，可见一斑。

军阀来来去去，马蹄后飞沙走石，跟着他们自己的官员、政府、法律，跌跌绊绊赶上去的时候，衣服也同样地千变万化。短袄的下摆忽而圆，忽而尖，忽而六角形。

女人的衣服通常是和珠宝一般，没有年纪的，随时可以变卖，然而在民国的当铺里就不复受欢迎了，因为过了时就一文不值。在政治混乱期间，人们没有能力改良他们的生活情形，他们只能够创造他们贴身的环境——那就是衣服……

（原载《高中生之友》（青春版））2008 年第 2 期）

美丽的外表、华丽的外衣固然对人的美丽起一定的作用，但那只是人的外在美而已。人最本质的美不靠外衣的华丽和外表的美丽，而在其心灵。

萧敬腾咋从"恶魔"变"王子"

文 / 苗向东

兴趣是最好的老师。

——爱因斯坦

他是第24届金曲奖最佳国语男歌手,也是在小巨蛋开个唱的最年轻的歌手,2013年,他开始担任北京卫视《最美和声》的导师。

从星光一班踢馆成名,然后踏上歌唱道路,萧敬腾在娱乐圈的发展可谓顺风顺水。但谁又知道,青少年时期的他相当叛逆,俨然是同学中的"恶魔",父母眼中的"逆子"。

出生在台北市的萧敬腾从小住在鱼龙混杂的万华区。这里居住的人们大多经济困难,很多小孩从小抽烟喝酒偷窃,萧敬腾也交了一些不三不四的朋友。小学三年级他就偷着抽烟,还曾去文具店偷了两把玩具枪,塞在大外套里。那次被老板发现,大喊"站住",他却只默默交出其中的一把。

他学习差,在学校里从来没有受到过老师的表扬。他就开始想歪门邪道来吸引人——耳朵上戴着大大的耳钉,染着五颜六色的头发。这样的结果不但没有引起别人的夸奖,相反让人更加侧目。萧敬腾迷失了,他开始逃课,成了小混混。

于是,同学一见他,一脸嫌恶地皱眉;老师见到他,只是摇摇头,希望他这样的小混混早点离开视线。越是这样,越是把他推到了对立面。他脑袋永远倾斜45度角,看谁不爽,就冲过去打人。

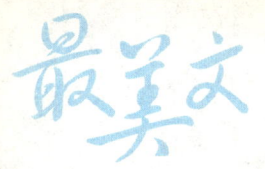

萧敬腾的无恶不作让父母伤透了心，父母经常因为萧敬腾的捣蛋被老师批评，被学校点名。但是又没有一点办法，只好经常到训导处向老师赔不是，代替儿子挨罚站。每当萧敬腾惹了事，父亲便一手拎茶叶，一手拎着水果去跟对方道歉。然而父母为萧敬腾做的一切，不仅没有让他悔改，反而使他变本加厉。他还一度从家里搬出来独自在外居住，只为了"有自己的空间做自己想做的事"。

当敬腾15岁时，父母无奈之下找来辅导员来教育。辅导员试着将萧敬腾从不良场所拉开，与坏朋友隔开，还陪他说话，想办法进入他的生活。萧敬腾没事打撞球，他就陪他打。就在那时，一张邦乔飞的专辑让敬腾迷上了摇滚乐。他本来就很想学音乐，但家中环境不允许。后来，妈妈才同意让他去学打鼓。就这样，青春期源源不绝的愤怒、挫折全部宣泄在隆隆的鼓声里。而每次他一打上鼓，心情就非常好。

辅导员看到敬腾爱打鼓，同时发现他只有这时，才"像个人样"，于是对萧敬腾说："你为什么不把打架的力气用到音乐上？"萧敬腾过去就是有劲没处使，辅导员的这么一指点，他突然顿悟了，找到了人生的目标。他当时夸下海口："我21岁要成为明星。"就这样，萧敬腾苦练打鼓，勤学音乐，终于在台湾选秀类节目《超级星光大道》一战成名，到现在成为了新一代"摇滚天王"。

（原载《意林》（少年版）2014年第21期）

每一个孩子都有属于自己的未来，无论怎么叛逆，怎么疯狂，那都只是没有遇见带自己飞翔的翅膀。对于萧敬腾来说，音乐就是这双翅膀！

300 页以后的故事

文 / 顺江

人生在勤,不索何获?

——张衡

他出生在纽约,一家人住在布鲁克林的林登小区,那里是纽约最糟糕的廉租房区,是人们眼中的贫民窟。他的父亲是邮件分拣员,母亲是一家防盗警报公司的接待员,全家人的日子过得紧巴巴的。

作为长子,他 7 岁开始帮父母做家务,并照顾弟弟妹妹。13 岁时,他开始想办法赚钱。那年,纽约举办全美篮球赛,他到现场卖苏打饮料。虽然每杯饮料只能赚 75 美分,且又累又热,但他还是坚持了下来。

他为自己定下的目标是一定要走出布鲁克林。16 岁时,他参加了大学入学考试,并成功申请到哈佛的奖学金。初入哈佛,强手如林,他曾彷徨过,但他很快告诫自己:想成功,唯有苦读、努力。

8 年后,哈佛法学博士毕业的他成为纽约一家律师事务所的税务律师。他给老板的印象是有胆识、有魄力、有智慧,然而,他对这份工作并不是十分喜好。没多久,他就染上了赌博的恶习,并且沉醉其中不能自拔,曾经的锐气荡然无存。很快,他得到了律师事务所的一纸解聘书。周围的人也对他抛去了冷眼,他觉得前景一片渺茫……

一天,父亲拿出一本书,对他说:"孩子,这是一本传记,你看看前 50 页的内容吧。"不到一个小时,他就看完了这 50 页。然后父亲又让他翻到

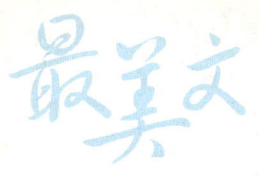

300页看下,此时,父亲问他:"书中的人物在自己生命的初期,也就是前50页所描写的内容里,能知道300页以后的故事吗?他当时会知道此书描写到300页的时候他会取得成功吗?以后的路谁都无法预测,要不断地使自己往正确的方向走,不要让一时的妥协成为一生妥协的借口。"父亲的话如同醍醐灌顶,让他幡然醒悟。

振作起来的他最终进入一家名为J.Aron的大宗商品交易公司做销售员,负责应对精明的交易者,很快,他就被晋升为金牌销售员。这时,发现自己兴趣和专长的他意气风发。

后来,J.Aron被高盛并购,他成了高盛的员工,并且在J.Aron公司并入高盛后的业务调整中起到了不容忽视的作用。他掌管的高盛支柱部门——固定收益商品部创造了高达1270万美元的收益。凭着一连串赫赫战绩,他在2003年12月成为高盛总裁兼首席运营官。2006年,他走上高盛集团的最高位置,他就是被誉为"华尔街最聪明的CEO"的劳尔德·贝兰克梵。

每个人都会遇到人生的低谷,在困境面前难免会有一时的摇摆和一丝的妥协。但是,困难是暂时的,妥协也是一时的,人生的精彩也许就在你传记的300页以后。只有将妥协踩在脚下,转向正确的道路,一步一个脚印,才会走出自己浓墨重彩的未来。

(原载《意林》(少年版)2014年第9期)

> 是啊,谁都不能知道以后的路,更不会知道未来的自己是什么样子的。唯有努力,唯有不断超越自己,我们才会遇到那个最好的自己!

相信自己是最好的

文 / 林玉椿

深窥自己的心,而后发觉一切的奇迹在你自己。

——培根

李小龙在美国时一直怀才不遇,但他从未感到消沉,他一直坚定地对自己也对别人说:"我是最优秀的武术家,总有一天,我会出人头地!等着瞧吧!"

在美国,李小龙的中国功夫打遍天下无敌手,他进军好莱坞之后,曾扮演过好几部影视剧的角色,但由于当时华人在美国没有地位,他只能在里面演配角、反角。为此,李小龙很不甘心,因为他觉得以自己的实力,不应该隐没在不起眼的角落里。后来,他一手策划了一部表现中国功夫的影片《无音箫》,准备自己担任主角。正当他对这部影片充满期待的时候,华纳兄弟公司却决定放弃此片。

尽管满怀失望与沮丧,但这并没有让李小龙对自己的能力产生任何怀疑,只是他看清楚了这样一个现实:在这样的时代背景下,华人在美国没有地位,华人在西方影坛的发展也会深受阻碍。无论自己在影片中表现如何出色,好莱坞都不会轻易给自己机会。正所谓"良禽择木而栖",与其在这里等着渺茫的希望,还不如转回香港发展。

在李小龙的心目中,自己是最优秀的,理应在实力最雄厚的公司的麾下施展才华。当时香港最大最有实力的电影公司就是邵氏兄弟公司,邵逸

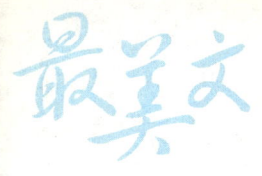

夫开始时确实也对李小龙很感兴趣，然而当李小龙开出自己的条件时，邵逸夫立刻表现得冷淡起来。李小龙开出的条件是：主演一部影片的片酬是1万美元；拍摄时间限定在60天内；必须有自己满意的剧本，否则不拍。

显然，李小龙认为自己的优秀完全值这个价（当时这个片酬在好莱坞只是很一般的片酬标准，但对于香港来说，却是很高的了），而且既然自己是"最优秀的武术家"，那就应该演出最好的影片，那些自己不满意的剧本根本就不能理它。

然而，邵逸夫那时并没有看出李小龙的巨大价值，对李小龙的"苛刻"要求非常不屑："开什么玩笑，我手下那帮年轻漂亮的女明星，一个月才600港币。他不就是一个教人打拳的武师吗？邵氏300元一个月的武师有一大把！一个从来没有演过主角的武师，我出几千港币让你来试演，已经够抬举你了。"于是，邵逸夫让人转告李小龙：片酬只能是港币3000至9000元，拍摄时间不能限定。

邵氏的轻慢态度换来的是李小龙这样的回答："No！"

虽然屡受挫折，但李小龙仍然对自己也对别人说："我是最好的，我是最优秀的！总有一天，我的伯乐会出现，那时我会让全世界都感到惊讶！"

很快，李小龙的"伯乐"出现了——他就是邵氏的对手"嘉禾"。那时的嘉禾公司正处于困境中，他们极度缺乏人才和成功的电影。邵氏"店大欺客"的事情传到嘉禾后，嘉禾的"掌门人"邹文怀立刻决定用诚意来打动李小龙。他先让嘉禾的导演罗维的太太刘亮华代表自己登门拜访李小龙，然后表明了自己对李小龙发自内心的欣赏。那时，嘉禾尽管资金非常困难，却开出了7500美元的片酬给李小龙，并承诺对于其他条件，他们将会尽最大努力去满足。嘉禾如此的诚意让李小龙非常感动，于是他决定跟嘉禾签约。

其间，李小龙通过电话跟邹文怀对话时，他将香港武侠片贬得一无是处，"虚假得很""香港的武星没有一个会武功""有本事就表演真功夫"……后来，李小龙和邹文怀见面时的第一句话就是："你等着瞧吧，我会成为全世界最伟大的武打明星!"

李小龙的"狂妄自大"并不是没来由的,因为他对自己的功夫精益求精,对自己的演技精益求精,对剧本的要求也是精益求精。因此,他完全有理由相信,自己是最好的,是最优秀的,自己主演的影片也会是最卖座的。

后来的事实证明,李小龙的确是个天才。他主演的第一部影片《唐山大兄》就让全世界感到震惊,影片上映不到三个星期,就大破港产片纪录,随后在台湾、澳门、新加坡等华语电影市场,也很快打破了当地影片的票房纪录。凭借"李小龙旋风",嘉禾一下子从生死存亡的边缘成为了一家颇有实力的电影公司,这令邵逸夫懊悔不已。

接下来,李小龙主演的《精武门》令全世界的影迷为之疯狂,在香港,影片上映仅两个星期,票房就突然了400万元;在新加坡,成千上万的影迷涌向电影院,造成严重的交通堵塞,当局不得不宣布《精武门》停映一个星期;在菲律宾,《精武门》连续上映6个月久盛不衰,打破了菲律宾所有影片的纪录;在美国,甚至在日本,这部电影也引起了巨大轰动……

相信自己是最好的,李小龙便果真做到了"最好"。

其实,一个人的信心来自于自己的实力,同时信心又会反过来激励自己去增强实力。相信自己能够成为最优秀的人,你便会在无形中有了这样的目标——我一定要做到最优秀!那么,你就很有可能做到最优秀。

(原载《语文报》2013年第31期)

自信是一种态度,是不服输的态度。对自己不满意才会对自己有苛求,从而无限地发展自己的潜能。只要永不言弃,你一定可以做到极致。

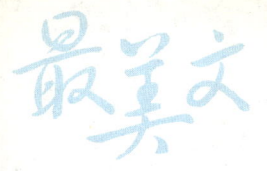

做自己命运的设计师

文 / 李红都

　　从事一项事情，先要决定志向，志向决定之后就要全力以赴毫不犹豫地去实行。

——富兰克林

　　高中还未毕业，一贫如洗的家便已无力继续供他读书，懂事的他背着父母大哭一场，放弃了考大学的梦想。肄业后，他在家人的建议下在家门口的关林服装集贸市场做起了服装生意。

　　进货时一路风尘的劳累，寒冬酷暑中守摊的疲惫，让年轻的他深切地感受到了做生意的不易。两年后，关林镇的服装业开始走下坡路，很多摊主转让了摊位，另谋出路。

　　有人劝他：做生意太辛苦，弄不好，还会赔钱。干脆你也转行吧。他犹豫了：是啊，创业真的挺辛苦，要不，也把摊位转让了，出去打工吧……

　　他开始将把剩余的服装压低价格以尽快出售，同时四处打听，寻找适合自己的用工信息。

　　那天，一位已考上大学设计系的朋友来家里做客，几杯酒下肚，他忍不住将生意不顺，想转让摊位出去打工的想法说了出来，然后半开玩笑半认真地说："你是搞设计的，帮我设计一下未来吧？"

　　朋友说："为什么要把命运交给别人设计呢，你应该做自己命运的设计师。你未来要做什么样的人，过什么样的生活，选择哪一行，应该由自己来决定。别让眼前的困难迷住了登高远望的双眼，机遇有时恰恰就隐藏在危机里。"

一语惊醒梦中人！对呀，为什么自己就不能把握住自己的命运呢？懦弱无能，这不应该是他的个性。反复思考，感到还是做已熟悉的服装生意更适合自己。于是他开始调整思路，设计自己的未来。

第二天，他便亲自跑市场进行考察。他发现，市场卖女装的供大于求，而男裤的发展空间则很大。之后，他调整定位，集中火力，做男裤代理。调整定位后，他很快就收回了成本开始盈利。

正当他踌躇满志地要将男裤生意做强做大时，一场突发的事件几乎将他打垮。

那年的冬天特别冷，他到县里进货顶着寒风跑了一整天，回来后把三轮车停在院子里，便进屋吃饭去了。晚上，忙着清点账目，忘了货款和营业执照都放在院里的三轮车上没收进来……就是那一晚，灾难不期而至。

一夜醒来，货款不见了。他像被人当头猛击一棒似的，腿一软，瘫坐在冰冷的地上。要知道，那两万元的货款还是赊欠县里一个裤子企业的呀，这可怎么办？看着空荡荡的院子，他欲哭无泪。

冷静下来后，他强打精神找到那个裤子企业的老板说出了货款被偷的事实。为了尽可能地减少损失，他把家里仅有的几千元钱全部拿了出来，先还了一部分货款。然后以自己的人格担保，承诺剩余的货款一定会陆续还上。

他的真诚感动了那位裤子企业的老板，老板答应让他一直做他们的裤业销售。

因祸得福。那场意外没有打垮他，反而使他和那位老板成了最好的合作伙伴，他的裤业生意也做得愈发风生水起。

随后，他用从裤业生意当中淘到的第一桶金创建起了自己的企业。有

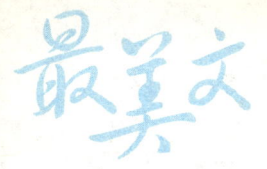

　　了自己的企业后，他依然很辛苦，有时每天仅睡三个小时，吃两顿饭，但在他看来，这不叫辛苦，而是充实。有人说他是工作狂，每天那么忙碌是在透支生命，他却说："我不是工作狂，我是设计师，我在努力设计自己的未来。我也不认为这样是在透支生命，我觉得是在锻炼意志和能力。"

　　正是凭着这种意志和毅力，他一步一步地将裤业生意做大，最终建成了一个年产量130万件的规模化现代服装企业，完成了从800元摆地摊起家的小商贩到拥有占地面积28000平方米、员工1000余人的现代化花园式企业董事长的蝶变。他就是洛阳浩洋服饰有限公司的董事长司马杰。

　　有人向他请教成功的秘诀，他说："我不觉得成功还需要什么秘诀，如果说有，那就是，我听进了朋友的建议，没把命运交给别人，而是自己想办法设计好自己的命运。"

（原载《语文周报》2015年第19期）

　　每个人在一开始都是空白的，亟待自己用彩色的画笔勾勒出最美最成功的自己。你的命运是掌握在自己的手里的，别人再风光，那也只是别人。今生，你要为自己活！

杨澜的"加减人生"

文 / 李良旭

守其初心,始终不变。

——苏轼

央视著名主持人杨澜在一次访谈节目中,笑着把自己的人生比喻为"加减人生"。杨澜的一番话,让大家眼睛一亮,充满了好奇和想象:加减人生,究竟是一种怎样的加减呢?

杨澜说:"在我的职业生涯前15年,我一直在做加法。做了主持人,我就又要求自己做导演;做了导演,我又开始写台词;写了台词,我又想做编辑;做了编辑,我又想做制片人。做了制片人,又想,我能不能同时负责几个节目?这样发展才会更全面。负责了几个节目之后,我就又想,能不能办一个个人频道?

就这样,自己一直在做加法,把自己的人生一直往上加高、加高、再加高,从不曾停顿,一直加到阳光卫视。

人们常说,杨澜真是一个成功人士,会那么多东西,并把我当作个榜样和偶像。人们的关注和期望,无形中,使我有了一种压力和动力,我更加用力地做着加法。

有一天,当我站在高高的塔尖,蓦然回首,我忽然发现,我错了,我

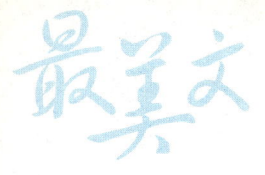

把加法全做错了。再这样无穷尽地加下去，我连自己是谁都不认识了。

人生中，我不可能什么都抓住。别人的优势，对我来说，也许并不是一种强项，优势不可能十全十美。你的比较优势可能只有一项或两项，只有把一项或两项做好，你的加法就算加对了。

于是我想，我应该做减法了。学会做好人生的减法，更是一种人生的智慧和聪明。因为我觉得自己需要一种平衡的生活，我不能再做这样只会疯狂地做加法的人。我把自己定位于：一个懂得市场规律的文化人，一个懂得和世界交流的文化人。"

杨澜深情地说道："在做好主持人工作的同时，我希望能够从事更多的社会公益方面的活动。认准一两个目标，把事情做好做精做透，才是最真实的自己。人啊，这一辈子你可以不成功，但是不能不成长。把一两个目标做精做好，就是一种成长。"

杨澜从最初希望自己成为一个全才，到只认准一两件事，是经历了一系列失败和教训总结出来的一种人生醒悟和认识。这种醒悟和认识，给人带来一种清风扑面的感觉，丝丝缕缕，沁入心田。

面对人们对她在1997年，将自己出版的新书《凭海临风》的20万稿费捐给希望工程之后，又以工作经费名义领走了同样数额的费用的质疑，杨澜通过微博澄清之后，质疑声音仍不断。有记者问她这场风波对她是否有影响。

杨澜说："如果要说没有那是假的，但是做公益事业出乎本心，坦然得很。今后我还要继续做公益，管它八面来，我只一面去。公益事业是我人生最大的一个目标，这个目标永远不会改变，我只会把它做得更好。这是一道加法，永远不会减去。"

杨澜的"加减人生"，使我们看到了一个成熟、睿智的杨澜。她在加减中，加出一个真实、可爱的杨澜，减来一个简约、温婉的杨澜。她就像一个邻家小妹、大姐一样,是那么亲切、熟悉,散发出俗世里的烟火气,一点也不感到陌生和遥远。

(原载《意林》(原创版)2011年第9期)

一个人的精力、时间,都是有限的,不可能把什么事情都做得完美。一味地贪多,不仅是对自己认识不足,还有可能什么事情都无法做好。所以人生的意义不在多而在于精,选择你自信的,拿得出手的东西,一直坚持下去,你就已经成功!

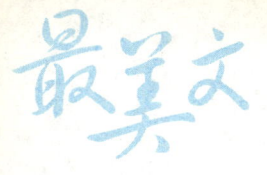

蒋方舟的梦想

文 / 旭旭

人类也需要梦想者,这种人醉心于一种事业的大公无私的发展,因而不能注意自身的物质利益。

——居里夫人

被誉为80后的青年美女作家蒋方舟,从七岁就开始写作,九岁写成散文集《打开天窗》,在由《人民文学》主办的第七届人民文学奖中,获得散文一等奖。十一岁写成长篇小说《正在发育》,引起社会各界广泛争议和讨论,并在台湾出版繁体版本。

此书出版,引起台湾媒体的一片惊呼,称其为:早熟的苹果。2008年,蒋方舟被清华大学自主招生提前录取,再度成为社会所关注的焦点人物。

三月的清华园,已是垂柳依依,姹紫嫣红。在美丽的清华大学校园里,蒋方舟接受了媒体记者的采访。当记者请她谈谈自己的梦想时,蒋方舟的目光中顿时溢满了一种无限的憧憬和渴望。

她沉吟了片刻,嫣然一笑道:"梦想再可笑,也胜过没有,能有梦想,也需要天赋。我是个理想主义者,当大家对现实的丑恶龌龊、体制与潜规则已经习以为常的时候,我还是保持着震惊和不适。"

蒋方舟的震惊和不适,使我们感到她的清纯和简单,一点也不世故和圆滑,一下子拉近了彼此间距离。无论尘世间如何改变,人们内心渴望的还是一种清纯和简单，这一点并没有改变。

蒋方舟用一种无奈和沮丧的语气说道："我现在觉得距离梦想越来越远了。大概在去年，爸爸对我说，'孩子，你在北京买个房子吧，这样我们的心也就放下了。'我当时听了特别地感到不可思议。我想，这样下去，我大概就成了芸芸众生了，生活的很多可能性就被这个东西剥夺了。过了一段时间，爸爸又对我说，'孩子，等房价一降下来，你就买个房子。'在父亲催促下，我就真的在看周边的房价了。那一刻，我感到那种特别特别明显的无力感。"

蒋方舟的眸子里溢满了一缕柔软，她深情地说道："我原来的梦想是当大师，但渐渐的觉得当大师不是主观能够决定的了，所以我也就在某种程度上识时务了吧。但我的奋斗绝对不是一个房子，我的奋斗是想在写作之外，有能够让我逃遁的一个领域，默默地干，它不一定是学术的东西。那样我就不用整天面对一些社会问题或话题了。"

蒋方舟说道："我就是我，我是唯一。'殊途同归'，是一种梦想，特立独行，也是一种梦想。只有这样，才构成了我们这万千世界，芸芸众生。"

蒋方舟的梦想，给了人精神为之一振，并有了一种深深的回味和思考。

（原载《意林》（原创版）2011年第5期）

是的，每一个人都应该不要简单地去为了一座房子活着，物质真的只是一方面而已。人生何其短暂，趁着年轻，我们应当问问自己内心的世界到底是怎样？

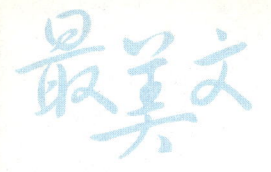

一个把中国展现给世界的"95后"

文 / 雪炘

赤心事上，忧国如家。

——韩愈

在大山里，少年种下梦想

林语堂好动、叛逆，喜欢动脑筋，性格散漫，提倡闲适的生活。这真是个名副其实的 90 后，如果再准确点儿，就是 95 后。只是，那是上个世纪的事情，他的生日是 1895 年 10 月 10 日。

他父亲是福建闽南一个小村庄的乡村牧师，为人和善、正直，受到乡亲们的拥护，虽然如此，家里依然很穷。他出生时，父亲由感冒转成了肺炎，没人帮母亲叫产婆。好在他前面已有两个姐姐，四个哥哥，母亲是有经验的。

尽管他调皮得连出生都要赶在节骨眼上，但父亲很疼爱他，并给他取名为和乐，希望他和和乐乐地生活。

当时因为甲午战争，中国被迫签订《马关条约》，慈禧连滚带爬地逃往西安。但他的家乡依旧青山绿水，盆地土壤肥沃，乔木四季常青，花果月月应景。每天清晨，门口的古井旁边，女孩子的洗菜嬉戏声，将他拉进一天的玩耍中。

他是个精力充沛的孩子。

每天漫山遍野滚爬，累了，就躺在地上看变幻无穷的云彩，嘴里念着它的样子——黄牛、鸡毛狗、嫦娥，可是又希望它是母亲做的卷饼……于是，不知不觉，口水流了一地。

他喜欢和小伙伴比赛爬树，摘果子吃，看谁摘得又快又多；他总是从教堂和牧师住宅之间的空隙里，侧身摸过去，然后从另一端的屋顶上滑下来；他常常看着山巅上的缺口，问周围的老人，如果这真的是神仙路过踩的，那神仙是什么样子，他怎么踩的？

人们都怕这个好奇心重的孩子。

他始终热爱家乡的四面环山，怪石嶙峋，可他也无时无刻不在想，山的那边到底是什么。

10岁那年，他要转学到厦门鼓浪屿的教会学校去读书，于是三哥带他第一次走出大山。坐在乌篷船上，穿越竹林，夜幕笼罩，箫声四起。他睁大眼睛，尽情享受着良辰美景，将它镌刻在心底。

一年之后，他归家，父亲的私塾也开张了。每天清晨，父亲带孩子读四书五经、中外典籍，和乐总要闹出小乱子。大姐叫他"魔鬼撒旦"或者"魔鬼撒旦的儿子"，他总从后面偷袭她，两人闹得更欢。

他和二姐关系最好。

对于调皮的他，父母都无计可施，二姐软硬兼施的方法往往奏效。

二姐清秀可人，人聪明，又爱读书。姐弟俩读了《福尔摩斯传》《三个枪手》后，对里面惊险刺激的情节念念不忘，开始自己编写故事。

母亲是他们最初的听众。

和乐把自己的侦探小说讲得绘声绘色，母亲还以为是哪部西方大作，不停问，后来呢？后来呢？见此情形，他编得更起劲。每天都更新，充满玄妙的逃亡与冒险，让母亲很是快活。

可惜二姐是个姑娘，终究是要嫁人的。虽然父亲没有封建思想，但供男孩读书都很困难，何况她已经是22岁的大龄剩女了。

几经思想斗争，她终于含泪嫁人。出嫁前一天，将和乐拉到僻静处，

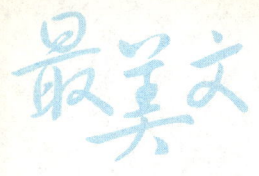

强忍着泪水塞给他 4 角钱:"和乐,我们很穷,姐姐不能多给你了。你要好好念书,不要糟蹋这个好机会。要做个好人,做个有用的人,做个有名气的人,这是姐姐对你的希望。"

后来,她死于鼠疫,他肩负起她的夙愿。

在爱情里,他们都没有选择爱情

从鼓浪屿教会学校毕业,他来到厦门寻源书院,随后考上上海圣约翰大学。

那年,他 17 岁,改名为林语堂。

第一年暑假回去,他急切约见了初恋女友,她叫赖柏英。她的笑如湖水般清澈,赤脚在阳光下奔跑,开出一个灿烂的春天。两人两小无猜,青梅竹马,一起下河捉鱼捉虾。她赤脚奔跑,他笑着追逐,多想成为她脚下的泥土。

最让他难忘的,是她在头上插枝菊花,就能让蝴蝶停在她头上。

他以为这就是此生相伴的人,可是当他决定要带她出国的时候,她却退缩了。

她外公瘫痪在床,需要她时刻照顾,她不能离开。他要出去看看不一样的世界,完成姐姐的重托,他不能留下来。

爱情和孝道,她做了自己的选择。

爱情和梦想,他做了自己的选择。

只是,他们都没有选择爱情。

回到学校,已经是大学二年级,他用丰富的校园生活冲淡伤痛。连续 4 次,领取不同的奖牌,这是在圣约翰大学史上从来没有过的。

他成为众人皆知的校草,成为隔壁圣玛丽女校的闺中话题。

然而,于他来说,最好的事是认识了陈锦端,两人陷入热恋。她是他同学的妹妹,用他的话说就是,她生得的确是奇美无比。她父亲是归国名医陈天恩,而他只是牧师的儿子,自然不成。

他们爱得太冷清,如果一定要选择爱情,结果会不会就完全不同?

陈父不给他们回想的余地，他对林语堂说："隔壁廖家二小姐聪明又贤惠，我可以帮你做媒。"

林语堂感到莫大的耻辱，就算陈锦端不要他，她父亲也不需要急着把他推给隔壁姑娘啊。

他回到家里，扑在母亲怀里哇哇大哭，搞得父母莫名其妙。母亲叫来他大姐，问清原委，并给予开导和教育。

廖家二小姐就是廖翠凤，父亲是开钱庄的，在当时很有名望。

林语堂不想拂陈天恩的面子，却没心思真去相亲，宴席上只和廖家少爷们推杯换盏。

廖翠凤对他早有耳闻，今日一见，果真相貌堂堂。他身体健壮，说起话来神采飞扬，一副舍我其谁的豪情。她躲在帘子后面，仔细端详，只见他几口就扒一碗饭，不停地盛饭，却依然镇定自若，仿佛理所应当。

她嘴角掩不住笑意。

廖母不看好这桩婚事，跟女儿说，他是牧师的儿子，家里没有钱的。

廖翠凤却坚定地说："穷有什么关系？"

这句话，让林语堂决定娶她为妻，两人很快定了亲。

定亲4年后，他以各种理由不结婚，其实还是放不下陈锦端。后来要出国留学的时候，才在双方父母的催促下，将24岁的廖翠凤娶回家。

他心里明白，既然娶了她，就要负责到底。于是，他烧掉了婚书，因为它只有离婚才用得上。

两人从此踏上美国之行。

在生活里，他一举成名天下知

24岁，他赴美哈佛读文学系，第一学期结束时，以全A的成绩通过了考试。系主任觉得像他这么聪明的人，只要到德国的殷内大学修一门莎士比亚课，就可以拿到硕士文凭。

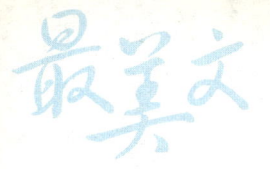

有文凭总是好的。

可是，就在这时候，半公费奖学金突然取消了。原来是清华在美的监督，拿着留学生津贴为自己投资，结果失败了，自己也自杀了。

本来就东拼西凑过日子的小夫妻，顿时陷入窘境，林语堂不得不到处找工作。

在殷内大学读了一个学期后，他拿到哈佛文学硕士学位，又转赴德国入莱比锡大学，专攻语言学。

婚后4年，廖翠凤终于怀孕，两人分外开心。她说，要回国生，不让孩子成为德国人。他也同意，用短短几个月修完剩余课程，带着博士学位回国。

回国后，他先回乡祭祖，再次想起二姐说的话。等妻子坐完月子，举家来到北京，他任北京大学教授、北京女子师范大学教务长和英文系主任。

中国此刻正处于文化时代大潮中，新旧交替，硝烟弥漫。新派分为两大阵营，一是以鉴定中国现代小说的鲁迅和周作人为主，一是以举着文学革命大旗的胡适为主。

大家，包括他自己都以为他会和胡适为伍，可是后来，他却和周氏兄弟越走越近。

29岁那年，《语丝》创刊，成为周氏一派发表意见的园地。胡适也创办了《现代评论》，徐志摩、沈从文、丁西林等也有文学创作在此刊发表。从此，中国文学史上就有了著名的两派，丝语派和现代评论派。

两派如同不相与谋的战士，都对彼此不顺眼，每每在自己的杂志上发表文章对战。让两派全面开火的，是"女师大"风潮，双方主力军都冲锋陷阵。最让林语堂引以为豪的是，他发挥早年苦练的棒球技术，用石子砸当局雇来的流氓的脑门，又准又狠，掀起一阵热潮。

这时，妻子正怀二胎。

二女儿降生时，他在一次次的风潮中，已斗得头破血流。他接受了厦门大学的聘书，拉上鲁迅等人，想把厦门大学做成第二个北大。

可是，系主任怕他夺位，扣压所有经费，连住的地方都难以满足。鲁迅忍无可忍，决定去广州大学。他也拖家带口，经武汉折到上海，并誓言绝不做政治家。

39岁那年，他在几年富足的生活后，再次陷入困境。因为提倡幽默，鲁迅和他绝交，他也早晚被人骂。

好的是，赛珍珠来到上海，她是诺贝尔文学奖得主，对中国文化颇感兴趣。她鼓励林语堂写一本关于中国的书，解除世界上对中国的误解，并催他马上动笔。

不惑之年，《吾国与吾民》在美国出版，立即引起轰动。四个月重印7次，登上畅销书榜，他在西方世界出名了。

时间长了，很多人说，他是靠卖国出名赚钱的，你看 *My Country and My People* 就是"卖国家和卖人民"嘛！

他倒无所谓，主要是妻女不堪其扰，所以举家到美国避风头。他下船后，又会见了赛珍珠和她丈夫，根据其意见，开始着笔于《生活的艺术》。

这本书是他42岁开始写的，写到一半，他越看越不满意，索性烧掉所有书稿。1937年5月3日重新开始，7月底交了500页书稿，12月份被美国"每月读书会"特别推荐。

他于世界一举成名。

（原载《语文报》2015年第31期）

无论多少次深陷误解的困境，却始终不曾改变他的真性情和对祖国的无限热爱。这便是一个伟人给我们做的表率。

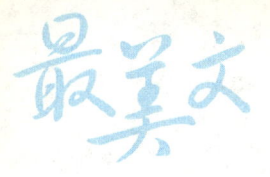

用二十载铸造传奇

文/张云广

人类要在竞争中求生存，更要奋斗。

——孙中山

在中国乃至世界乒坛史上谁是在最短时间内收获世乒赛、世界杯和奥运会男子单打金牌大满贯的风云人物？

答案当然是乒坛新贵——张继科。1988年出生的张继科赢得大满贯历时一年零三个月，但他的乒乓球之路却要追溯到二十年前。

1992年，年仅四岁的张继科就挥动着稚嫩的臂膀划出坚定的弧线，开始了自己的乒乓球之路。为了儿子的前程计，他的父亲，身为乒乓球教练的张传铭毅然把仅有的两间居室中的一个大房间腾出来当作训练场地。由于那时候的张继科年纪小、身高不足，张传铭就让他站在垫高的木板上学习打球。

赢在起点，这个起点就已经具备了正规训练的性质而全无业余的色彩。张继科的父亲每天都为儿子制定了严格而科学的训练计划，必须完成要求后方可结束，而且一年之内除去大年初一这一日外几乎每天都是如此。值得一提的是，小继科总能从枯燥反复的训练中找到乐趣，乒乓球已经注定是他人生中不可或缺的一个重要组成部分。

为了与张继科不断提升的球技水平相匹配，训练场所由居室转移到了一个更高的平台——青岛第二体育场，张继科也因此进入了一个新的发展机遇期。

在此期间，每日父亲下班后都会带着放学的他来这里训练，虽然是"编外人员"，张继科的训练量并不比正规的体校运动员小。父子二人虽然偶有龃龉，但张继科对乒乓球本身热度不减，也从不抱怨。在父亲一如既往的高标准、严要求下，视乒乓球为第二生命并为之倾注全力的张继科的球技与日俱增，获得的奖项也接连不断。七岁开始参加青岛市比赛，除去第一年外每次参赛都是第一名。到十岁左右时，张继科已经具备了打赢父亲的实力。

热爱是最强的动力，成绩是最好的激励。信心越来越满、前进势头不减的张继科十二岁入选山东省队，十五岁入选国家一队。在乒乓球领域远超同龄人的不俗作为让他这一程走来可谓顺风顺水。

人无豪情枉少年，刚进国家队时的张继科就表现出了他不同寻常的青春锐气。当被问及人生第一目标时，张继科毫无掩饰地亮出了自己的凌云壮志——拿到奥运冠军，他是当年进入国家队的人中唯一一个这样作答的人。支撑他这一激情对答的是扎实的功底、勤奋的品质和勇于争先的笑傲情怀。

2008年11月全国乒乓球锦标赛，一路过关斩将、冲劲十足的张继科拿到了人生中的第一个单打全国冠军，这在向来都不乏乒坛高手的中国队而言无疑是一件很了不起的事情。2011年5月，荷兰鹿特丹第五十一届世乒赛，他又取得质的突破，收获了属于自己职业生涯中的第一枚男单世界冠军，至今球迷们还记得他当时获胜后撕裂衣服、赤裸上身庆祝自己夺冠的豪迈情景，这一情景也将永载乒坛史册。而他也的确属于技巧兼力量并重型的乒坛高手，这在以重技巧为核心理念的乒乓球界是不多见的。无所畏惧、迅猛出击是其打球的一大风格，一如其性格。对此，刘国梁主教练有过一个精妙的比喻——不管遇到老虎还是豹子都不会后退的小藏獒。

张继科堪称乒乓球队体质最佳的运动员，这在很大程度上得益于他年幼时的训练。在他很小的时候他的父亲为其制定的训练大纲中就包含了力量科目的训练内容，如练蛙跳、跨跳、单腿跳以及跑步等，这些为其体魄之强健打下了很好的基础。"要是完成不了训练计划、没有让我满意，我肯

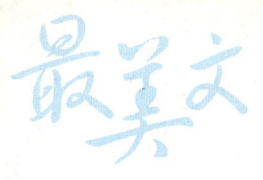

定要给他补课、加时，做身体训练、蹦楼梯。还有我骑摩托车，他要跑到我前面去。"回忆这段往事时，他的父亲如是说。

更可贵的是，他不仅身强，而且心强。小时候的张继科就已经是一个有心人了，他喜欢模仿并钻研一些优秀运动员的打球技术，反复尝试直至掌握并择其精华融合成自己球技的一部分为止。这让他的球感越来越好，打出的球也越来越给力。

2011年11月，巴黎世界杯，张继科再次成为男子单打的世界冠军。北京时间2012年8月2日22点30分，伦敦奥运会乒乓球男子单打冠军争夺战打响。最终，少壮派张继科以4比1战胜了资深实力派队友王皓成为该项目的新科奥运冠军。取胜后的他跑到冠军领奖台深情一吻，以这一特别的方式宣告自己九年前的宏愿终于变成了现实。

2013年5月20日，巴黎世乒赛男单决赛中，张继科以4比2战胜队友王皓，卫冕成功。

回首一路征程，张继科的辉煌背后固然离不开他人的培育和指导，但他身上那种敢说敢拼、敢付出、敢坚持、敢挑战和敢做最优秀自己的"小藏獒"精神无疑为他的成功提供了巨大而持久的推力。正是这一"精神发动机"的高效运转，让他积蓄出登临一个个越来越高的荣誉之峰的能量，于是我们看到了张继科用二十载铸造的一个乒坛传奇。

（原载《语文周报》2015年第33期）

十年磨一剑，二十年出了一个乒坛传奇。我们每个人都是一把需要等待打磨的剑，在锻造过程中出现的各种可能都可成就今天各种各样的我们。你能走多高，完全看你自己！

马云的财富观

文 / 庐江布衣

投我以木瓜，报之以琼瑶。匪报也，永以为好也。

——《诗经·卫风·木瓜》

说起中国现在的网络富翁，有几个人不得不提，那就是新浪的陈天桥，网易的丁磊，百度的李彦宏，巨人网络的史玉柱，腾讯的马化腾，搜狐的张朝阳以及阿里巴巴的马云。这几位，应该是中国网络富翁的代表人物。

在由《福布斯》发布的《2009 中国海外上市互联网 IT 企业家族财富榜》中，这几位都取得了骄人的成绩。丁磊以 180 亿元高居榜首，马化腾、陈天桥、李彦宏、史玉柱分获二到五名，张朝阳名列第七。应该说，这几位差距并不大。而与这几位齐名的马云，居然排到了第 20 位。诸如张志东、池宇峰、王滔、杨宁、卫哲、徐少春等十多位鲜为人知的人都排在了马云的前面。难道说，马云的阿里巴巴仅仅是浪得虚名？

不是的，截至 2009 年底，阿里巴巴的总资产已达到三百亿美元，居国内网络公司第一。

这就奇怪了，到底是为什么呢？

其实，主要原因在于，阿里巴巴虽然是马云创办的，但他并不具有控股权。相反，为了激发员工的创造力与主人翁意识，他把公司的股份都分给了高层管理与普通员工。他自己拥有的股份极少。

还是先来看看其他几位富豪吧：丁磊持股 58.50%，史玉柱持股

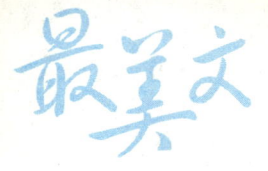

72.57%，陈天桥持股 60.00%。

马云呢，持股究竟少到什么程度？你们先来猜一猜。30% 应该有吧？没有！10% 总有吧？没有！怎么也得有 5% 吧？没有！难道是 1% 不成？就连 1% 也没有，他仅仅持股 0.57%！

马云是这样解释的："我持股最多的时候也没有超过 7%，仅为象征性持股。有人问我为什么这样做，我的解释是：我不想以自己一个人去控制大家。只有这样，其他股东和员工才更有信心和干劲，企业才具有无尽的活力与广阔的发展前景。所谓'钱聚人散，钱散人聚'嘛！"

这就是一个一流企业家所持的心态，他或许把自己当作一名企业家，但却从来没有把自己当过老板。马云用一种均富的方式，来传递对团队伙伴的信任，同时加强整个团队的凝聚力。伙伴们之间的默契与信任比金钱、比股份更重要。

在《2009 中国海外上市互联网 IT 企业家族财富榜》上，虽然马云仅以 3.45 亿元财富排名第 20 位，但是，阿里巴巴集团却有 8 人上榜，成为拥有"富翁"最多的公司。其中，阿里巴巴总经理卫哲更是以 5.93 亿元的个人财富超过了马云。

阿里巴巴取得的惊人成功，不仅是一种商业模式的成功，更是一种高贵人格所铸就的奇迹。很多时候，一个人对金钱的态度，最能反映一个人的人品与境界的高下，也最能决定一个人究竟能走多远。

（原载《青年时代》2011 年第 3 期）

> 马云在于不断地跟人分享胜利，从而阿里巴巴不断壮大，到后来集思广益，才会到今天这个地步。善于跟别人分享果实，将会团结一大批人才跟随你。

第二辑

巴金的真

　　正是由于巴金在文学新时期的勇往直前,义无反顾地为写真实的作品鸣锣开道,才为敢于说真话的作家复出中国文坛起到保驾护航的作用。言行一致说得容易,做起来难,这也是巴金成为"当代世界伟大的作家之一"的先决条件。

上帝的另一扇门

文 / 文小圣

当苦难来访时,有些人跟着一飞冲天,也有些人因之倒地不起。

——托尔斯泰

他出生在苏格兰一个普通的牧师家庭,从小热爱橄榄球,梦想有一天能成为一名优秀的职业运动员。

然而,在他16岁那年,一场突如其来的灾难彻底粉碎了他成为运动员的梦想。

那天,他兴致勃勃地去参加一场学校举办的期末橄榄球比赛。在这场激烈的比赛中,他被踢中了头部。顿时,他感觉头一震,脑海里一片空白,左眼有剧烈的疼痛感,使他几乎昏厥过去。

他被老师和同学们送到了医院,在痛楚与忐忑中等待的他,竟迎来了一个让他心如刀绞的检查结果——左眼视网膜脱落。尽管医生想尽办法想挽救他左眼的视力,并先后进行了3次手术,但都以失败告终。医生不得不无奈地向他宣布:从今以后,他的左眼将彻底失明。

他躺在漆黑的医院病房里,感到无尽的悲哀。因为他再也不能像以前那样在橄榄球场上尽情地驰骋了,再也不能像正常人那样拥有完整的视觉了。即使在阅读时,他也不得不经常停下来休息一下,以保证自己的右眼不那么疲惫。

这时的他，消沉至极，人生的一切似乎对他都没有了意义。他把自己关在家里，哪里都不想去，什么也不愿做，颓然地过着每一天。

看到他如此难过，他的父亲感到无比痛心。经过一阵深思熟虑后，他的父亲决定专门做一次关于"我们需要视力"的布道。布道的那一天，他拗不过他的父亲的再三恳求，去参加了那场布道。

在布道中，他的父亲对人们说："失明无疑是人生中最令人痛心的残障之一，那些被剥夺视力的人失去了太多的东西。"

听了父亲的话后，他感到更加悲哀了，然而布道完之后，父亲却拍了拍他的肩膀，对他说："孩子，不过你比别人幸运，起码你还有一只健康的右眼。离开橄榄球场，对于你来说，也许并不是一件坏事，这样可以使你对你的另一份追求更加专注。你不是喜欢政治吗？孩子，你要记住，上帝每对你关上一扇门，必然会为你打开另一扇门。只要你不对自己丧失信心，上帝就不会遗弃你的，你会成为上帝的宠儿。"

父亲的话使他心里感到豁然开朗，是啊，我还拥有其他许多美好的东西，为什么要为一些失去并且不再回来的东西而耿耿于怀呢？只要自己选择坚强，上帝的另一扇门将对自己永远敞开！

从此，他重新走出家门，重新回到学校，努力读书，并专注于政治。24岁时，他发表了自己所谓的"苏格兰红皮书"，俨然以英国首相的口气对苏格兰的状况进行分析。

后来，他在爱丁堡大学获得了博士学位。

再后来，他进入政坛，并迅速在政坛中脱颖而出。46岁时，他当上了英国的财政大臣，并成为英国历史上任期最长的财政大臣。56岁，他接替布莱尔成为英国第52任首相。

这位优秀的政治家就是戈登·布朗。

当那些反对派借他的盲眼嘲笑他、攻击他时，他是这么回应的："我的

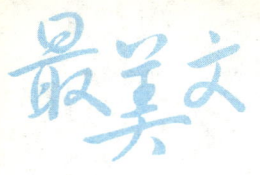

左眼是上帝为我蒙上的,就是希望我能专注于我毕生的事业,专注于我的目标,执著向前!"

上帝为他关上一扇门,正是为了让他毫不犹豫地走向另一扇门。

(原载《语文周报》2015 年第 6 期)

上帝为你关了一扇门,却给你打开了一扇窗。关键在于你是不是去善于发掘这些优点,并不断发扬光大,最后成就自己。没有人可以拯救你自己,就像上帝也不能打败你一样!

颜回的学习态度

文 / 林振宇

> 文也好画也好,作品所能具备的最大使命,不是直接描绘世界,而是为描绘世界提供切口或者想象。
>
> ——七堇年

颜回是孔子最得意的弟子。孔子称赞他:"一箪食、一瓢饮,在陋巷,人不堪其忧,回也不改其乐。贤哉,回也!"

颜回当初拜孔子为师之时,才十几岁,他个头不高,面黄肌瘦,衣着也很破旧,并没有给孔子留下深刻的印象。

后来,孔子渐渐的发现,这个学生读书非常用功,从来不迟到,而且每次弟子们回家吃饭,颜回总是最后一个离开,饭后又是第一个来到学堂,然后捧书诵读。时间久了,孔子就觉得很奇怪,这个学生有点儿特别,同样回家吃饭,为什么他每次来的都这么早呢?

有一天,孔子派人偷偷地跟随他,想看个究竟。

派出去的那个人回来后,如实地向孔子禀报,说颜回每天回家,只喝一碗菜汤。有时吃不饱,就到井边,用水瓢舀水喝,然后很高兴地去上学。

原来,颜回的家很穷,住在贫民区。父亲在城外种地,母亲给人家帮工,所以,都不回家吃饭。每天早上,颜母总是把菜汤做好了放在锅里热

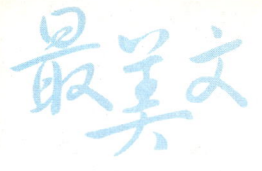

上，才外出干活，颜回放学回家就只能喝菜汤充饥了。

颜回连饭都吃不饱，只要有书读，就觉得很幸福。即使面对常人都无法忍受的苦难，颜回也绝不会改变他对理想所持有的乐观精神。他的学习态度，难道不值得我们年轻人学习吗？

颜回之所以能够端正学习态度，和他的学习动机是分不开的。颜回的一生，没有像其他同学那样，做官或经商，而是跟随他的老师，志于圣贤之道，虽异常艰难，却锲而不舍，终得大成。不幸的是，颜回英年早逝，但是，生命的意义不在于长短，而在于价值，正因如此，他的名字才千古流芳。

反观当下的学生，读书的动机只是为了当官，找份好工作，挣大钱，少有像颜回那样，志于圣贤，追求较高的道德修养，其目的就是为了构建一个理想的社会。

我们年轻人应当效仿颜回，端正学习动机和态度，勤奋刻苦地读书，待学有所成之后，更好地报效国家，服务社会和人民。一个人，只有树立高远的理想，才能激发自身的潜能，在学习的道路上，克服万难，进步也最快，终会抵达光辉的顶点。

（原载《中学生阅读》（初中版）2016年第7期）

读书是为了什么？对于今天的大学生来说，这个命题甚至都有点儿大了。现在存在的问题已经不是读书是为了什么的问题了，而是读书不读书的问题了。许多人只读自己的专业书，其他书一概不看，那些枯燥的专业书，真正读的人恐怕也是寥寥无几。看吧，这就是现状！

看见自己绚丽的影子

文 / 学学

> 对事物的简单了解在一个短暂充分的时间内就可以做到,但是要通过多少世纪的培养和自我克制才能获得它们的精神。
>
> ——泰戈尔

美国著名艺术家吉普森用彩虹和影子这两个元素,进行了一种全新的绘画尝试。吉普森惊奇地发现,利用这种绘画手法,他取得了一种令人意想不到的艺术效果。它使原来阴暗、单调的影子,绽放出迷人、妖娆的光晕和色泽。从这些影子上,他仿佛看到了一种生命的美丽和燃烧。

吉普森在街头为一名建筑工人绘画。这名建筑工人正站在高高的脚手架上粉刷墙体,他的身上沾满涂料和泥浆,吉普森用彩虹绘出这名建筑工人的影子。画作完成后,他发现,这名建筑工人的影子洒满金色的阳光,像披上了一道金色的羽毛,熠熠生辉。

这名建筑工人看到吉普森为他画的影子,感动得热泪盈眶。他说:"我曾经为自己的人生自卑、叹息过,对自己所从事的工作充满了怨言和消极情绪。但看到这幅画后,我为自己曾经的那种想法感到自责和汗颜。原来自己身后也有一个绚丽的影子,这绚丽的影子,一直在伴随着自己,这真的是一种神奇和温暖。"

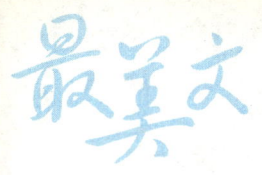

　　吉普森在街头为一名清洁工人绘画。这名清洁工正拿着一把扫帚在清扫路面，吉普森用彩虹绘出这名清洁工人的影子。画作完成后，他发现，这位清洁工的身后映衬着一个绚丽的影子。这道影子，曼妙、婆娑，就像一只展翅飞翔的大鹏，翱翔在蓝天，闪耀着璀璨的光芒。

　　这名清洁工人看到吉普森为他画的影子，目光久久地停留在这幅画上，那一刻，他眼睛里噙满了泪水。他哽咽地说道："原来我也有一个绚丽的影子，我为自己的人生感到自豪和骄傲。"

　　吉普森在街头为一名交通警察绘画。这名正在指挥交通的警察，不停地上下左右挥舞着手臂，吉普森用彩虹绘出这名警察的影子。画作完成后，他发现，这名警察身后颀长的影子，就像是一朵盛开的郁金香，袅袅婷婷，婀娜多姿。

　　这名警察看到吉普森为他画的影子，惊讶得目瞪口呆。他轻轻地亲吻着画上自己的影子，喃喃地说道："真是太神奇啦！自己原来也有这样一个绚丽的影子，我为自己曾经的顾影自怜，感到悲哀。"

　　吉普森为一名正在课堂上给小学生上课的老师绘画。这位老师是一个美丽的姑娘，姑娘的眉黛处却有一种隐隐的忧愁。吉普森用彩虹绘出这名小学教师的影子，她身后的影子像盛开的向日葵，昂首挺胸，散发出金黄色的光芒。

　　这名女教师看到吉普森为她画的影子，眼睛里顿时泗上了一片晶莹。她有些羞涩地说道："原来自己也有一个美丽的影子，这美丽的影子给了我一种信心和力量，我不会再对生活抱怨什么，这金黄色的影子会一直激励自己努力地生活下去。"

　　……

　　吉普森在他出版的《彩虹和影子》画作发行仪式上，对参观者说了这样一句话，给人们留下了深刻的印象。他说："其实，我们每一个人身后都有一个绚丽的影子。永远不要看轻自己、怠慢自己，在你的身后，一直有一个绚丽的影子，它散发出金色的光芒，照耀着自己的人生。时常看到自己身后那个绚丽的影子，不仅是人生的一种智慧和聪明，更是一种人生的勇气和力量。"

（原载《伴侣》2013年第2期）

我们是有两个自己的，一个是肉体，一个是精神。我们不要仅仅满足于肉体上的丰衣足食，而不去关注心灵和精神上是否充实。精神上的充实，才决定你是不是真的幸福。

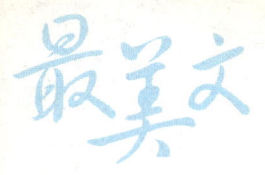

让人心永远向你聚拢

文/段奇清

治国经邦，人才为急。

——孙中山

谁都知道，兴办企业就是要不断地"滚雪球"。它包括两个方面，一个是让资本不断变得雄厚，一个是让人才一天天增多。而资金的向你汇集，归根结底是人心向你聚拢。

她和他相识于1989年。

那时，加州大学伯克分校毕业已7年的她，从二姐创办的大众计算机公司出来自己独立创办公司还不到一年。从加州理工大学计算机专业硕士毕业的他，与她也有着相似的经历，他先后在英特尔、Wyse Tech 以及 ULSL 等知名 IT 企业工作。

这一年，他也创办了 Symphony 公司。两个都是年轻人，同一所大学毕业的经历似乎更拉近了他们间的距离，二人很快熟悉了起来。

1992年，她所创办的威盛电子到了一个关键的发展阶段，可她感到最为紧迫的就是技术力量不够。这时，有一个人常常浮现在她的眼际，不错，这个人就是他。因为在之前的交往中，她已了解到他在结构设计领域展现出的卓越的才华，是华人信息科技领域的佼佼者，她一定要把他请来。

人家是一个独立企业的领办人，为何要来受你的辖制？可她相信他会来。在她力邀他加入她的公司时，他果然就来了。有了他的加盟之后，她的威盛电子如虎添翼，进入了一个快速发展的新阶段。他何以就毅然放弃了自己的公司来协助她发展事业？这一时成了一个谜。

有人说，是因为他欣赏她的魄力，她那种对人生事业追求的积极态度。是的，她是衔着金汤匙出世的，她继承父亲的遗产，让她几辈子也用不完。可她却偏要闯出自己的一片天地，实现自己的价值。

1988年，她辞去了二姐为她安排的大众计算机公司副总经理的职务，以母亲送给她的一套房子作为抵押，向银行借款500万新台币，买下了硅谷一家小公司，这家小公司就是以后的威盛电子。

也有人说，他是看中了她的朴实，而这一点却与他正好相同。她无论出席多么重要的场合，人们看到的她就是一套简单的黑色外套，一个简朴的黑色包包，更不用说有什么奢侈的首饰了。可他呢，从来没拥有过自己的小车，要去哪里，不是搭乘同事的便车，便是招了出租车就走。

其实，这些都是，也都不是，她真正让他佩服的是对人的一片真诚。不说她对他，她几乎对所有的员工都是这样。她要是觉得你是人才，是一个好员工，她会想尽办法让你去她的公司。根据不同对象，给你以高薪、授予你以高职位，这是一定的。但她做得更多的是，充分让你感到被重视，从最基础去建立你对公司的忠诚度。

他说，不久前他曾经和公司一位中级管理员聊天，证实了他当初的看法。这位中级管理员说，正是她的这种与员工爽朗的相处之道，几乎让所有的人都愿意跟着她，并产生示范与连锁效应，让她的公司不断得以发展壮大。

在家族企业中，大股东对职业经理人往往不放心，可她从来对职业经

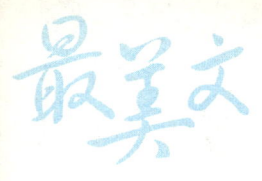

理人都是大胆授权。在其旗下的30多家公司中，她几乎从不亲自参与经营，也从来不由她一个人说了算。正因为此，人们称誉她是全球科技圈最会用人、借力使力的企业家。

是的，她就是台湾的王雪红，被称为"经营之神"的王永庆之女，他是陈文琦。不久前，福布斯公布了2011年全球亿万富翁排行榜，王雪红与陈文琦以68亿美元的资产荣登台湾榜首，成为新一代"台湾首富"。

王雪红既要将IT越做越大，还不断进军其他领域。她先是进军太阳能产业，2011年伊始，她又收购了英国手机视频平台公司Saffron Digital，并购买美国游戏公司Onlive价值4000万美元的股权。前不久，她跨界收购了香港TVB，更是展现了她进军传媒产业的信心。

在他们事业大发展的历程中，为人们所津津乐道的莫过于王雪红与陈文琦结为夫妇的事了。其实，这无不显现了她征服人心最为传奇的一幕。

也正是由于他们的朴实，让这两个惺惺相惜、性格相投的人，在成为珠联璧合的事业搭档之后，又成了伉俪情深的一对。当年，陈文琦在应邀到威盛公司之后，他一不在台湾购房，二不买车。会聚拢人心的她几乎没多想就力邀他住进了自家楼上的闲置空屋；上下班，陈文琦也会搭乘王雪红的便车。

一来二去的，人们就看到了他们发在公司网站上的一条喜讯，大意是说：董事长王雪红与总经理陈文琦已在美国结婚，希望大家也为他们高兴。这一天是2003年8月6日。

尽管这一对"神雕侠侣"生活上简单随意，但在事业上二人永不止步。很长一段时间以来，陈文琦全心负责威盛电子的营运，王雪红则负责寻找新的投资机会，不断做大资本，扩大版图，聚拢人气。

如今，威盛的版图还在继续扩大，什么才是他们事业的终点，按照信奉基督教的他们的话说：或许只有神才知晓。

魄力也好，节俭也罢，其实都是为了征服人心。有魄力就有凝聚力，不追求奢华才能将所有的心思用在事业上，也就有了向心力。

王雪红的故事再次证明了这样一个真理：一个要永续发展的企业，永续聚拢人心才是其最坚实的基础。

（原载《语文报》2014 年第 3 期）

21 世纪缺的是什么，其实缺的还是人才。一个企业的发展，需要源源不断的能量支持，而人才就是这些能量。一个人才辈出的企业，必将越来越壮大！

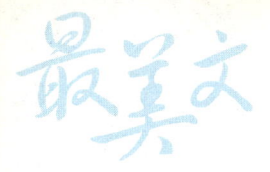

梦想从一句"谣言"出发

文/随风

三军可夺帅也,匹夫不可夺志也。

——孔丘

上世纪30年代末,他出生于印度尼西亚东爪哇的玛琅镇,父亲在雅加达开着一家蜡染店,生意虽然不是很红火,但让一家人衣食无忧还是可以的。父亲为了让他继承这份能维持生计的家业,在他很小的时候就向他传授经营诀窍,可他对此毫无兴趣。

10岁的时候,他在学校和几名同学表演话剧,扮演一个银行家的角色,惟妙惟肖的表演博得了老师的表扬和同学们的赞扬,也让他对银行业产生了巨大的兴趣。自此,一个信念在他心底萌发,他要朝着这个目标迈进。

中学毕业后没多久,他就成了家。先是在岳父家开的百货店里干活,后来找到一份船务代理的工作,可干了几年仍业绩平平,索性辞去了这份工作,带着自己多年的积蓄闯荡去了。人们都说,他有钱了,出去发大财去了。

一天晚上,正在休息的他被一阵急促的敲门声惊醒,开门一看,一位五十岁左右的中年男子站在自己面前。"对不起,先生,这么晚了还打扰您,我是基麦克默朗银行的经理皮拉马·沙里,现在我们遇到了难题,资金无法周转，这样下去要不了一个星期就会倒闭的。我代表银行向您提出请求，您能给我们进行 20 万美元的投资吗？"对方的话语很真诚，可听后他心里还是猛地一惊"20 万！"

沙里接着说："我知道，对您来说，20 万不算什么，帮我们渡过这一关吧，您的情义我们不会忘记的。"沙里的话开门见山直奔主题，而当时他已经料到该银行存活的生机很渺茫，而且知道自己手里没多少钱，可嘴里还是嗫嚅地说道："我、我、我考虑一下吧！给我一天的时间。"

沙里走后，他还一片狐疑，自己什么时候成了别人眼里的"富翁"。其实，当时出来闯荡的他仅有 2000 美元，可是不知被谁的一句谣言传来传去竟然变成了 20 万，甚至更多。他当时没有拒绝沙里，原因是心里隐约感觉到，这是接近自己梦想的一次机会。

自己没钱又答应了别人，该怎么来筹措这 20 万美元的资金呢？他想到了在雅加达自行车制造与修理业中占据垄断地位的福建老乡们，在老乡的帮助下，终于集齐了 20 万美元。结果不仅可以优先认购这家银行 20% 的股权，还在这家银行任了职。至此，他终于踏入了朝思暮想的金融殿堂。

虽然抱着一腔热情，但毕竟是半路出家，一切都是那么陌生，甚至连资产负债表的左栏与右栏的区别是什么都分不清。于是从行家到一般职员他不懂就问，不到半年就进入了银行董事会。为了使银行起死回生，他凭借自己的直觉和做小买卖的经验断定，必须打入到其他银行还没有想到的市场中去。他看中了雅加达庞大的自行车业这块别人没有开垦的地方，便以投资人的身份来到自行车业中争取客户。

经过 3 年的奋斗，基麦克默朗银行终于扭亏为盈，并获得巨额利润。随后，他又先后将岌岌可危的印尼宇宙银行和繁荣银行救活，并以这两家银行为基础，与亲友合资购并了工商银行、泗水银行，组合成泛印度尼西亚银行。经过 4 年的努力，发展成为了印尼最大的民营银行，资金达 376 亿印尼盾。自此，银行圈里所有人开始对他刮目相看。

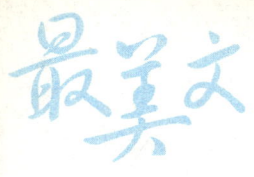

上世纪 70 年代中期，由于部分股东不和，他辞去了印度尼西亚银行执行总裁的职务，随即就被邀请到了中央亚细亚银行任董事及总经理。不到 10 年的时间，他让该银行形成全国最大的私人银行网，在全印尼设有 32 处分行，遍布印尼各大城市，并在海外设有多家分支机构。

他就是印尼力宝集团董事长李文正。像魔术师一样，将一家家濒临倒闭的银行理顺、搞活，被人们称为"医治银行的专家"。上世纪 80 年代后期，李文正与印尼首富林绍良合作创立了力宝集团公司，开展一连串的收购活动，扩展金融业务，开拓地产经营，发展实业。力宝集团的资产总值一度达到 30 亿美元，他也被人们誉为"印尼钱王"。

一句谣言将李文正托到了梦想的顶端，他成了众人眼里奇迹的创造者。可他却一直认为，谣言，看似是伤害人的荆棘，其实它也可以成为自己成长道路上铺满财富的机会。因为，一个人只要拥有梦想，勇于追求，实现梦想的机会就很多，即使是一句谣言也可成就你的未来。

（原载《幸福》（悦读）2015 年第 3 期）

很多最后成功的人都是逼出来的。不逼自己一把，你都不知道自己这么优秀。是的，困难是最好的炼金石，直面困难，打开思路，也许你就成功了！

时来运转的登徒子

文 / 水玉兰

历史本身是自然史的一个现实的部分，是自然生成为人这一过程的一个现实的部分。

——马克思

如果要说谁是这世上第一倒霉蛋，我想非登徒子莫属。打一次小报告，就落得个遗臭万年的下场。姑且不去猜测当年打小报告的登徒子究竟带着"君家事便是国家事"防患于未然的心态多一些，还是嫉妒成分多一些，总之一场口水战，让自己活时身败名裂，死后遗臭万年。足以见文人口诛笔伐的功夫丝毫不次于刀枪剑戟的杀伤力。

士大夫登徒子面奏楚王，说文学侍从宋玉，相貌俊美，能言会道，但为人好色，请大王以后不要让他任意出入后宫，以免生出不好的事情。楚王听了，很是震惊，唤来宋玉诘问。宋玉回答："容貌俊美，乃父母所生；口才好，得老师所传；至于好色，绝无此事。"为了刷清自己，宋玉苦思冥想写下了一篇流传后世的文章——《登徒子好色赋》。

大意是："天下的美女，要数楚国女子最美。楚国的美女，要数我家乡的女子最靓，而我家乡最美的姑娘还得数与我隔邻的东家小姐。东家小姐，貌美如仙，一笑倾城。这样一位姿色绝伦的美女，趴在墙上整整窥视我三年，我至今仍未答应和她相处。而登徒子呢，他的妻子蓬头垢面，耳

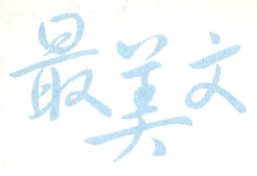

朵斜，龅牙，豁嘴，弯腰驼背，走路一瘸一拐，满身的疥疾还有严重的痔疮。这样一位丑陋妇女，登徒子仍然和她生了五个孩子……请大王想想，究竟谁好色呢？"楚王想想应该是登徒子好色了。

至此后，宋玉便成了品行方正视美女如空气的正人君子，而登徒子便成了饥不择食一个大色狼的代名词。但凡有一点头脑的人，都可瞧出，宋玉对墙上美女无动于衷，却能算出美女偷看了他整整三年时间。知晓别人家老婆是豁嘴倒也罢了，竟然连痔疮也了解得一清二楚。这难免有点离谱，离谱到失去品味。

文人口诛笔伐，看似拼的是文采，实则拼得是一种看不见的内功。一个字一句话便可以变成利剑射向对手，射穿对方的心脏。头脑简单兼迂腐的登徒子真是有点不自量力，也不想想你挑战的是何等人。著名辞赋家，想象力惊人，一篇美轮美奂的《神女赋》，把天上的神女都请了下来和楚王缠绵了一把。可想而知，这灰头土脸还不是自找的？

换言之，如果登徒子挑战的是一位武将，顶多拳头耳光，落个鼻青眼肿，几日羞于见人。再糟糕也不过伤筋动骨卧床一百天，怎么着也不至于遗臭万年，害得子孙后代跟着抬不起头。想到此，猜想登徒老夫子临终咽气的时候肠子恐怕还是青的。

然而，世间事就是这么变幻莫测，倒霉蛋登徒子不会想到自己也有咸鱼翻身的时候。背负两千年臭名的他渐渐不再招人唾弃，甚至人气上浮有了粉丝。朋友的表妹，长相，学历，工作均属上乘，却迟迟待字闺中，朋友奉姑妈命向表妹打探心意。表妹回答得很干脆，想找一登徒子似的男人。朋友笑翻，说你何至于把自己想得如此不济。

表妹说，你想登徒子老婆如此不堪，他都不忍丢弃，还给他生了五个孩子，娶我为妻，还不把我视为天人哪。是啊，想那个时代，三妻四妾是男人身份的象征，即使不忍休了丢颜面的丑婆娘，束之高阁总可以吧，何以生出5个孩子来？可见登徒子即使不是弱水三千独取一瓢饮的痴汉，也算是有担当的男人。这担当二字的光芒丝毫不逊于豪宅与宝马车，日益丰饶的物质精神生活，给了你几多自信，就附加给你几多不安全感。担当怎能不让人求之若渴啊。

当年凭借一篇文章斗败了登徒子的宋玉，如何也不会想到，同样还是那篇得意之作，又把登徒子那老夫子捧上了天。此一时彼一时，世间事，就是这样变幻莫测。

人还是那人，文还是那文，事还是那事，评价却是随着斗移星转相差十万八千里。记不得谁说过的一句话："世间事，往往是最近的距离看得最模糊，最远的距离看得最清晰。"千古事，好多不都是留给后人来定论的吗？

（原载《语文周报》2014 年第 3 期）

滚滚长江东逝水，浪花淘尽英雄。是非成败转头空，青山依旧在，几度夕阳红；白发渔樵江渚上，惯看秋月春风。一壶浊酒喜相逢，古今多少事，都付笑谈中。

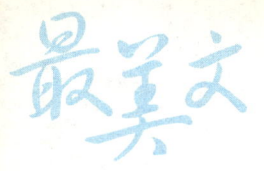

巴金的真

文 / 刘艳梅

> 对真理和知识的追求并为之奋斗，是人的最高品质之一。
>
> ——爱因斯坦

当代文学巨匠巴金曾说过："人活着，说的和做的要一致，这是达不到的。达不到也要这样做，这个社会才能变得光明。"他是这么说的，也是这么做的。

1979年，作家丛维熙把描写监狱真实生活的《大墙下的红玉兰》寄给巴金主编的《收获》杂志，年过七旬的巴金亲自过目拍板，不顾可能惹来的麻烦，让编辑以最快的速度和头条的位置发表，小说受到读者的欢迎。可麻烦也接踵而来，有人指责《收获》为"解冻文学"开路；有人以"两个凡是"，质疑编辑部的政治走向；作家曾经为囚的劳改农场，也写来批评信，说小说攻击了"无产阶级专政"。

一时风声鹤唳，那段时间，巴金与编辑部同仁一起经受了黎明前的五更寒，但巴金还是要求刊物"百无禁忌，更进一步"。《大墙下的红玉兰》的发表，丛维熙成了"大墙文学之父"。

源于巴金的真，丛维熙另一部小说《远去的白帆》才得以发表。这部中篇小说曾作为约稿被一家大型刊物取走，之后很久没有回音。待询问，主编以"细节过于严谨，吃不准上边精神"为由，让作家删除小说中一些所谓"敏感"情节，丛维熙当即拒绝。因为那是丛维熙真实的劳改生活，要删掉，将彻底背离了文学反映社会真实的文学根本理念。

后来，丛维熙把《远去的白帆》的遭遇告诉了在北京作短暂停留的巴金，并将文稿交给巴金，巴金不顾长途飞行的疲劳，连夜审读，做出评价："小说展示了历史的严酷，在严酷的主题中展示了生活最底层的人性之美。不管别的刊物什么态度，我们需要这样的作品，回去我们必须发表它。"不久，这部中篇小说就在《收获》上发表，并以接近全票获得1984年全国第二届优秀中篇小说文学奖。

正是由于巴金在文学新时期的勇往直前，义无反顾地为写真实的作品鸣锣开道，才为敢于说真话的作家复出中国文坛起到保驾护航的作用。言行一致说得容易，做起来难，这也是巴金成为"当代世界伟大的作家之一"的先决条件。

（原载《做人与处世》2014年第21期）

> 是的，你想成为什么样的人，和你最终成了什么样的人，那出入真的是太大了，或者根本就是背道而驰。很多人会说，这就是现实，但是反过来一想，我们一定要成为那个所谓的自己才算成功了吗？其实使生命有了意义的，恰恰不是成功后的光荣，而是我们一直奋斗在路上。

第三辑

黄侃先生的侠气

笔下君子，纸外小人，表里不一的事不能做。你看这"侠"字，就是一个有能力的大人在保护帮扶两个弱小的人。你我虽为文人，也当有侠气，文内能匡扶正气，文外也要救人水火。

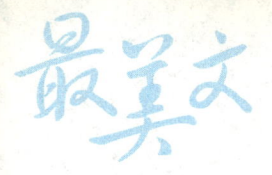

黄侃先生的侠气

文/苏打

> 人要正直,因为在其中有雄辩和德行的秘诀,有道德的影响力。
>
> ——阿密埃尔

我国近代颇负盛名的语言文学家、训诂学家和音韵学家黄侃先生,在学术上治学严谨、为学务精,在生活中却脾气怪诞、秉性奇特。

一次他与朋友吃饭,饭后在护城河边散步聊天,正好碰到一群人抓小偷。一个矮个子的男人被身后一群人追着跑,走投无路了就向黄侃先生这边冲了过来。他没想到还没跑过来,黄侃先生就一马当先冲上去把他先抱住了。两人一扭打就摔在了地上,朋友赶紧过去帮忙,才制服了小偷。

失主追过来就要打人,黄侃先生赶紧拦下来,从小偷那里要回失物还给失主,又帮小偷向失主求情,平息了双方的争端。见小偷年纪不大,又显得的颇为饥瘦,就教育他一番,又把自己的银钱分一些给他。

放走了小偷,还分钱给他,朋友感到有些惊讶,问道:"季子(黄侃先生的字)兄,不予计较,不送他见官已是宽容,怎的还予银钱与他?"

黄侃先生笑了笑说:"不妨事,看他年纪轻轻,也不像惯偷之人,世道艰难,多半也是不得已而为之。我今帮他一次,无邀多求,只愿他日他也可有力帮助别人。当今若人人守望相助,国运又何至于此啊!"朋友听完不由赞叹道:"兄长高义,真有侠道古风!"

黄侃先生听罢,道:"我的老师章太炎先生曾有一副对联予我,上下分别是'千教万教教人求真,千学万学学做真人。'他要我学术文章要求真,为人处事也要做真人。笔下君子,纸外小人,表里不一的事不能做。你看这"侠"字,就是一个有能力的大人在保护帮扶两个弱小的人。你我虽为文人,也当有侠气,文内能匡扶正气,文外也要救人水火。"

朋友听了恍然大悟,佩服黄侃先生的口才之时,更加佩服他的侠气。

(原载《中学生阅读》(初中版)2016年第7期)

> 不去计较得失,仗义疏财,心存正义。这是本性,这是最真的脾气和性格,恐怕很多人是不会理解更不会懂得的!

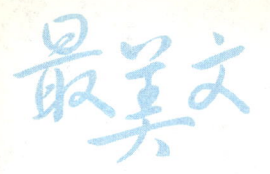

搜寻自己的梦想

文 / 崔鹤同

是自强不息者,终能得救。

——歌德

他出生在山西阳泉一个普通的家庭。小时候喜欢听戏唱戏,他曾被山西阳泉晋剧团录取,但中学时代,他仍回归"主业",全身心投入功课学习中。在学校里他电脑成绩数一数二,但去省城参加计算机比赛却名落孙山——大城小镇的差别,让他深感信息鸿沟所造成的差距。

1987年,勤奋、刻苦的他以阳泉市第一名的成绩考上了北京大学图书情报专业。他心无旁骛,买来托福、GRE等书狂啃,过着"教室—图书馆—宿舍"三点一线的生活,目标是留学美国,方向锁定在计算机专业。

1991年他收到美国布法罗纽约州立大学计算机系的录取通知书,在大学,他的美国教授的一句质疑"你们中国有电脑么?"使他深受刺激,暗暗在心里做了一个决定:要在互联网行业有一番作为,彻底改变外国人对中国的认识和印象。

白天上课,晚上补习英语,编写程序,经常忙碌到凌晨,这使得他的专业技能得到飞速进步。一年后,他顺利进入日本松下实习。实习中,他提出一种提高识别效率的算法,受到松下高度重视。松下竟然打破常规,继续聘用他做兼职,并鼓励他把这一研究成果写出来发表。

这一成果顺利发表在国际权威学术期刊《模式识别与机器智能》上。这便是他最先创建的 ESP 技术，并且申请了专利，在搜索引擎发展初期，他是全球最早研究者之一。这位青年才俊便是百度创始人李彦宏。

这也让李彦宏第一次开始思考：自己适合干什么。

实习回来的李彦宏放弃了唾手可得的博士学位，1994 年暑假前，李彦宏被华尔街道·琼斯子公司聘用。之后的三年半时间里，李彦宏先后担任了该公司高级顾问、《华尔街日报》网络版实时金融信息系统设计人员。

1997 年，李彦宏离开了华尔街，前往硅谷著名搜索引擎公司 Infoseek（搜信）公司。才 26 岁的他就可以租得起一套公寓，并买了属于自己的新汽车，但他并未就因此满足。他看到了国内互联网发展的机会，要利用自己的"超链分析技术"在中国做中文互联网搜索。1999 年底，他毅然放弃了美国的安逸生活，携 120 万美金的风险投资回国创建百度网络技术有限公司，开始了创业之路，这一年他刚好 31 岁。

他在短短 6 个月的时间内完成目前中国最大、最好的中文搜索引擎的开发工作。"众里寻他千百度，蓦然回首，那人却在灯火阑珊处。"他发现原来 19 岁时所学的北大信息管理专业就注定他终身的追求在"搜索"上，他打出口号："活的搜索，改变生活"。

"搜索是百度成功的所有秘密。"李彦宏说。

曾有人给李彦宏投资让百度做无线增值业务，李彦宏拒绝了；有员工建议李彦宏做网络游戏，李彦宏也拒绝了。他的信条很简单，就是专注。他在百度的工作很多，其中重要的一个就是做"杀手"——杀掉那些与搜索无关，或者是关联不大的项目。

第一个被他"杀"掉的是最早的商业模式——为门户网站做搜索技术支持，"放弃了当时公司百分之百的收入"。为此，他第一次对投资人发了脾气，还把手机扔在桌上吼出了"不让百度做独立搜索引擎网站，那就别干了"的话。这是百度历史上一次最重要的"自杀"行为——转型独立搜

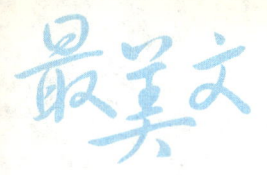

索引擎,但这次"杀"招却让百度成就了今天的一切。接着,李彦宏又裁撤了企业软件部,让百度更加专注在竞价排名搜索引擎上。

推出竞价排名,到2003年百度已经是全球第二大的独立搜索引擎,在中文搜索引擎中更是遥遥领先,名列第一。后来,百度推广搜索专业版"凤巢"系统。自2009年4月20日上线以来,"凤巢"以其具有可管理更多推广位、更多关键词、功能更强大、管理更精细等特点,获得了广大企业客户的高度认可——在半年的时间里,有超过70%的客户主动完成从百度搜索推广经典版向"凤巢"的迁移,也使百度在中文搜索上获得70%多的市场份额。

2005年8月5日,百度成功登陆纳斯达克股票交易市场,上市目标发行价27美元,当日便直线冲破150美元,最后落定于122.56美元收盘,成为美国证券历史上IPO首日表现最佳的十大股票之一,百度的数百名员工也随之成为"百万富翁"。

他的公司在上市后的18个季度中有13次业绩实现了两位数增长,2009年12月21日,百度的股票价格为每股414美元,最高时曾经超过每股440美元。2009年百度的收入是去年的四到五倍,"平均算下来,每天一千多万"。

"让百度不仅在中国有影响力,还要让百度在全世界有影响力。"李彦宏在百度10周年的庆典上说。

2009年12月28日,由权威媒体《精品购物指南》评出的"2009年度精英品牌奖"揭晓,全球最大的中文搜索引擎百度入围,成为唯一获评的互联网品牌。

2010年3月11日,福布斯公布了2010年度世界亿万富翁排行榜,李彦宏榜上有名。

"把一件事情做到极致需要非常的专注,把主要精力放在一个地方,才能做得比别人好。"从87年上大学开始接触搜索,20多年李彦宏一直只做一件事，那就是搜索。

一个人，非常专注地搜寻自己的梦想，并把它做到极致，才能梦想成真，功成名就。

（原载《语文报》2013年第28期）

现在有越来越多的人不去考虑梦想这个话题了，什么是梦想？梦想能当饭吃吗？社会压力越来越大，越来越多的人选择一条保守的路，上学、选热门专业、工作、终老。你的生活是怎样的？

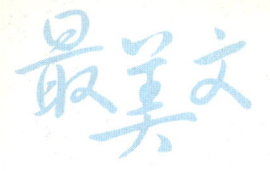

勤奋上进的李克强

文 / 春秋

天才就是无止境刻苦勤奋的努力。

——卡莱尔

2013年3月15日就任国务院总理的李克强，1955年7月出生在安徽合肥市。父亲李奉三曾任凤阳县县领导，后来任安徽省地方志办公室副主任。父亲国学功底深厚，精于诗词，更写得一手好字。母亲勤劳善良，为人敦厚，良好的家庭教育对李克强影响很大。

李克强中学就读于安徽省合肥市第八中学，合肥八中以"完善自我、追求卓越"为校训，校风以"尊师、育才、砺志、求真"而著称，是一个有个性、有特色的中华名校。

然而，李克强步入中学不久，"文化大革命"就已爆发。一时间，学校成了马蜂窝，教学活动受到严重影响。不久，全国所有的学校进入停课状态，大学入学考试也被取消，从小好学的李克强只好辍学在家。

父亲常带着李克强与供职于安徽省文史馆的国学大师李诚谈文论道，父亲与李诚谈诗论文，并相互唱和，两人常从上午一直谈到傍晚，竟不知疲倦。在旁边的李克强常常为他们吟诗时抑扬顿挫、手舞足蹈，完全沉浸在诗的境界之中的情景所感动。

少年的李克强聪明好学，天赋过人，使得李诚将其视为门生，常常向他讲授中国的国学、治学的方法以及古今逸事。有时还认真地给他说文解字,还时常给李克强开读书目录,就文风、为学乃至持身应世都给以谆谆教导。他要李克强读《史记》《汉书》《后汉书》《资治通鉴》等国史,并给李克强整段整段地背诵《昭明文选》《古文辞类纂》等古文选。

李克强每有看不懂或听不明白的地方,李诚就用平和的语调给他讲解。有时还专门给李克强讲授唐诗,一天讲一首,而每讲一首他可以用一小时的时间来旁征博引。几乎每一篇文章、每一首诗都使李克强渴望知识的心得到一种意外的收获和满足。看到李克强的学业突飞猛进,李诚十分高兴,逢人就说:"此子日后必有出息"。

拜李诚为师的 5 年时光,李克强在"停课闹革命"的日子里学业不但没有荒废,相反学识与日俱增。李诚"学而不厌,诲人不倦"的治学精神和"知之为知之,不知为不知"良好品行,浸润了李克强的青少年时代,以致李克强学识渊博、通晓古今诗书,对他的人生产生了深远的影响。

1974 年 3 月,李克强与其他同学到凤阳县大庙公社东陵大队插队。他们做的第一件事,就是建自己住的知青宿舍。李克强领头四处请教学习建房知识,并拿出了方案。在当地村民的帮助下,李克强和其他知青一起,建起了自己的宿舍。他们每天要干 10 个钟头的农活,别人干完活后都抓紧歇着,可他这时总是放下锄头,坐在地头开始看起书来。

李克强一年到头都用印有"为人民服务"的挎包,装着干粮和咸菜下地劳动。下乡不久,由于水土不服,他得了严重的皮肤病,身上多处溃烂,然而,他没落下一天的活。那年头劳动强度大,加之缺少油水和蔬菜,他的饭量显得特别大。

艰苦的岁月,着实锻炼了李克强的筋骨,磨砺了他的意志。那时,每天从田间披着晚霞归来,心底铭记李诚的教诲,自学从合肥带来的书籍,夜幕降临之后还在挑灯夜读。他还尝试着把自己的知识用于实践,带领农民科学种田,推广水稻良种,深得农民的拥护和公社党委的赏识。

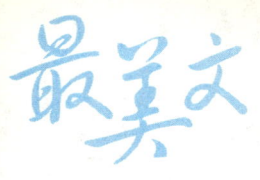

1976 年 5 月，李克强庄严入党，开始在一个红色起点上起跑。不久，他被大庙公社派到大庙大队任党支部书记。当时大庙大队共有 7 个生产队，李克强坚持每天转一圈，大情小事他都了然于心。他为人正派，工作出色，多次得到公社的表扬。

1977 年 8 月恢复高考，在劳动之余，李克强积极备考，起早贪黑，为的是圆大学梦。

当时，他的第一志愿是安徽师范学院，第二志愿才是北京大学，因担心北大录取分数线太高。经过 20 多天难熬的等待，高考录取通知终于收到。让李克强倍感兴奋的是，他以优异的成绩考进北京大学法律系，这在凤阳轰动一时。

这也为他今后的从政之路打下了坚实的基础。

（原载《少年博览》（下旬刊）2014 年第 7 期）

这世上只有一条路，那就是奋斗的路，选择安逸，那你就死在路上了。很多人到了一定的高度，绝对不是一蹴而就的。那些光鲜靓丽的背后，有的只是默默无闻的付出。奋斗吧，还在迷茫中的你！

他们是贵族

文 / 张珠容

鸟美在羽毛上,人美在心灵上。

——谚语

    台湾著名男演员、剧作家、导演金士杰早年带领一群热爱戏剧的演员刚创办兰陵剧团时可谓一穷二白。1979年,在舞台剧几乎处于荒漠的台湾,兰陵剧团出现了。

    金士杰和团里的所有演员都是白天做苦力,晚上排练创作,零酬劳演出。这个剧团的成立没花什么钱,但也没赚一分钱。于是就有朋友关心金士杰怎么生存:你总有三餐不济的时候,总有付房租的时候,那时你怎么对付?

    金士杰的生存方式很独特。

    金士杰有个朋友家境很好,有次金士杰去她家里做客,吃饭时,他吃着吃着就感叹起来:"桌上菜这么多,都很好吃。你们平常都这样吃吗?每次吃不完怎么办?"朋友答:"还能怎么办呢,该倒就倒掉。"

    金士杰顿时两眼放光:"那让我来替你们做一下义务的食客怎么样?"朋友拍掌说:"很好,欢迎欢迎!"

    金士杰却一本正经地说:"你先别着急欢迎,我们先把条件说清楚。第一,我不定时来,但我来之前会先打电话问清楚你家有没有剩饭、方不方

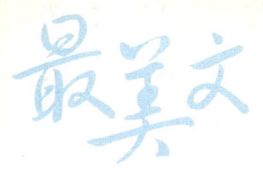

便,有并且方便的话,我就来;第二,我来只吃剩饭,等你们家人全部吃饱撤了,确定摆的都是剩饭剩菜我才开吃,并且,不可以因为我来就故意加一个菜,那样就算犯规;第三,我吃剩菜剩饭的时候旁边不可以站着人,因为他(她)一旦和我打招呼,我就得很客气地回应,这样客套来客套去我就没办法当专业食客了;第四,吃完之后我要很干净利落地走,不可以有人跟我说再见,如果非得这样客套的话,我心里就会有负担,那样下次我就不来了。总结一句话:我要完全没有负担地当一名剩菜剩饭的食客。"

朋友听完他的话觉得很逗,当场就答应了所有条件。此后,金士杰果真好几次去朋友家当食客,吃得非常开心。他还幻想着:我只要有三十个这样的朋友,一个月就能过得蛮富足。

抱着这样的心态过苦日子,金士杰带领剧团一路坚持了下来。第一次演出,他们还是没有钱。离他们不远的地方有个大礼堂搁置着没用,他们就把那里打扫出来当舞台;没服装,他们就各自掏腰包买一套功夫裤穿在身上;没灯光,他们就各自从家里搬来一两个打麻将用的麻将灯,再加长电线,往插板上一插,灯就亮了;没东西化妆,他们就素颜上场;没有人宣传,他们就自己拿来纸笔,涂涂画画,一张大海报就贴到了台湾师范大学的门口。

一切准备就绪。演出那天,观众席只坐了二三十人,人不多,但大部分人都是台北文化界的精英。他们看完演出之后对金士杰这样说:"台北市等你们这群人已经等了很久了,你们终于来了。你们要演下去,拜托你们一定要演下去!"

金士杰带领大家照做了。历经一年多的非正式演出,兰陵剧团终于走上正式的舞台。1980年,金士杰编导的《荷珠新配》参加了台湾第一届"实验剧展",首演一炮而红。一时间,兰陵剧团声名大噪,金士杰也一跃成为台湾现代剧场的领军人物之一。

多年之后金士杰将当年自己当"专业食客"的事情说给一堆人听,说完之后他感慨："我说这些事，除了好玩，除了说明我的脸皮厚以外，还有个很重要的原因。我觉得，我们的这种穷完全不需要自卑，不需要脸红，因为我深深知道我们在做什么——我们把我们的头脑、智慧、创作拿出来献给社会，以至于我们没有闲工夫赚闲钱。我们是在做很重要的事情，所以，从某种意义上来说，我们这个穷不是穷，而是富，不是缺，而是足。"

敢让自己那么穷，只为理想。当年金士杰和团队队员的生活很贫穷，但他们却是台北市的精神贵族。

（原载《知识窗》2014 年第 12 期）

> 敢于那么贫穷地活着，只是为了让精神更为富足。可是今天的我们从来没饿着过，但精神上却是空白的。

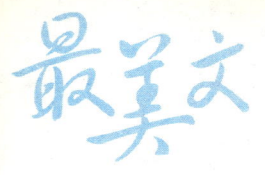

执着的刺客豫让

文/claa

臣心一片磁针石,不指南方不肯休。

——文天祥

三次跳槽找伯乐的豫让

豫让是侠士,他的祖上都是晋国有名的侠士。但豫让的运气显然没有自己祖上的人好,不要说扬名,就连想找到一个赏识他、重用他的人,都显得异常艰难。

最初豫让是范氏的家臣,范氏只当他是一个身手不错的普通侠士,导致豫让并不受重视,整日郁郁寡欢。后来因为范氏和中行氏关系不错,豫让就跳槽到了中行氏家里工作。然而他在中行氏受到的待遇并没有比之前有所改善,始终默默无闻。直到范氏和中行氏因为攻打同为六卿的赵氏,反被智氏(六卿之一)等三个氏族打败后,豫让才再次换了东家,到智伯瑶家中做事。

这一次,幸运之神眷顾了豫让,他终于找到了自己的伯乐。智伯瑶对他很尊重,以国士的礼遇对待他,每每遇到难以抉择的事情,都会向豫让请教,并且认真考虑豫让给出的建议。主臣之间关系也很密切,智伯瑶自己有好吃好穿的时候,都不忘也给豫让送去一份,做到"有福同享",让豫让好不感激,发誓誓死也要为他尽忠。

报恩刺客玩潜伏

然而好景不长，智伯瑶野心膨胀，一意孤行要向赵襄子（六卿之一）发难，却被赵襄子和韩、魏合谋给打败了。智伯瑶不愿苟且偷生，投水而死。赵襄子因为之前就和智伯瑶有过节，不甘心没能亲手杀死他，而做出了侮辱其尸身之事。

当时在石室山的豫让眼睁睁看着智伯瑶战败身死，却无法挽救，悲愤交加，决定为智伯瑶报仇，刺杀赵襄子。于是他改名换姓，怀揣锋利匕首，潜入赵襄子的家中，伪装成扫茅厕的下人，伺机动手。

原本在茅厕伏击胜算极大，但赵襄子的第六感竟然出奇的强，走到厕所门口的时候居然心中一跳，感到不妙，就让人把厕所里里外外搜查了一番，抓住了豫让。

赵襄子盘问他："你为何怀揣利器，藏匿在这里？"

"我是智伯瑶的家臣！你杀我主上，侮他尸身，是可忍孰不可忍！智伯瑶对我有知遇之恩，我必须杀你以告智伯瑶在天之灵！"豫让怒发冲冠，言辞慷慨。

赵襄子见其甘冒杀身之险也要替主上报仇，很是感慨："您是义士啊！我放您离开。"

"我为智伯瑶报仇的心绝对不会动摇！这次你放我走，下次我一样会来取你性命！"豫让走之前留下了这句话。

回到家后的豫让听说赵襄子去了晋阳，就又追去。他知道自己已经暴露过一次，还需乔装一番才能掩人耳目。于是他给自己换了个发型，变了个声音，还把自己打扮得丑陋无比，最后连来寻找他的妻子都认不出他来。

对于这样的效果，豫让很满意，接着他就摸准了赵襄子的行程，提前埋伏于一座桥下，就等赵襄子过桥，杀他个措手不及。

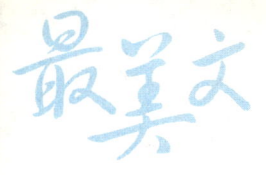

刺衣报仇的执着刺客

豫让潜伏了一段时间后,赵襄子果然出现了。但要过桥的时候,赵襄子的马突然受惊,帮了它的主人一个大忙。赵襄子怀疑是有人行刺,又派人搜查了一遍,果然从桥下揪出一名刺客。在盘问之后,面目全非的豫让承认了自己的身份。

"我不明白,您不是也曾经侍奉过范氏、中行氏吗?智伯瑶把他们都消灭了,都不见您替他们报仇,还投奔了智伯瑶。现在却肯为了智伯瑶不惜代价找我寻仇,这是什么道理?"赵襄子不解。

豫让双目一瞪,理直气壮地说:"范、中行氏是把我当作普通人对待,我也把他们当作普通主上对待。然而智伯瑶却当我是国士,赏识之恩,厚待之情,怎么能不报答?为了给他报仇,让我死千万遍都不犹豫!"

"我敬佩您的精神,但放虎归山的事情不能做第二次,所以这次我不能再放您走了!"赵襄子下令将他围住。

豫让自知必死,却仍然不忘替智伯瑶报仇:"我还有个请求,请您把衣服脱下一件,让我刺上几剑,权当报仇了。这样我到了九泉之下,才不愧对智伯瑶啊!"

被他的忠心感动,赵襄子将自己的衣裳递给豫让。豫让拔出宝剑多次跳起来击刺,接着仰天大笑,伏剑自刎,慷慨赴死。

而赵襄子感慨豫让的忠义,将那座桥改名为"豫让桥",以纪念他的义举。

(原载《语文周报》2014年第8期)

当年关羽深陷曹营,被曹操重礼厚爱,可关羽依然带着嫂夫人离开曹操去寻找自己的结义大哥,这就是"忠义"。古今中外有多少好汉因为"忠义"二字而被后世铭记;也有多少人为了利益背信弃义,做了小人。

一只鸟接着一只鸟

文 / 刘代领

锲而不舍,金石可镂。

——荀况

她,1954年生于一个爱好读书的家庭,受父母的影响,她从小也爱上了看书。

七八岁时,她是个非常害羞、长相古怪、骨瘦如柴的女孩,对阅读的喜爱胜过一切,也开始了写作。父亲是位作家,教导她每天写点东西,阅读各种经典作品。

二年级时,她写的一首诗被老师送去参加作文比赛,还获了奖,并登在一本油印的获奖作品集上。这给了她莫大的鼓励,使她爱读、爱写的兴趣更加浓厚了。

七八年级时,她依然骨瘦如柴,也仍常因长相古怪而备受嘲笑,她活得很痛苦。于是她沉浸在书中,书便是她的避难所。上高二时,她有段时间开始认为自己能写出与其他作家同样出色的作品,相信自己有办法依靠一支笔创造奇迹。为此,她不断地努力读书、写作。

上大学时,她除了英文外其他科目都不在行。为了成为一名众所皆知的作家,她19岁便辍学写作。她做过临时雇工、打字员,都干得不称心。其间,并没有发表多少作品,但她爱好写作,从没有放弃过。"每天腾出一

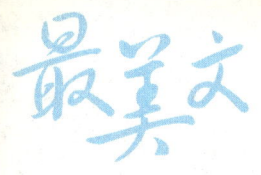

段时间写作",父亲告诉她,"就像练钢琴一样,事先安排出时间。把它当成一种道义上必须偿还的债,并且要求自己一定写完。"

她靠教网球和帮人打扫住宅维持生活,连续两三年,她每天都会写一点东西,主要写她的短篇小说《阿诺》。但这部呕心沥血之作最后没有出版。

她没有放弃,大部分是基于父亲对她的信心。还有,很不幸的是她在23岁时,医生诊断父亲得了脑癌。父亲和他的三个孩子都很难过,但他们还是挺住了,父亲要她留意并记录一切,"你写下你所知的部分,我也会写我的部分。"

她开始动笔写下父亲将要面对的状况,然后开始将这些文字整理、修改成几篇相关联的短篇故事。她把发现父亲罹癌前一年内写的所有小片段集合起来,改编成五个连贯的篇章。病弱得无法动笔写下他所知部分的父亲,看了之后相当赞赏,并要求她将它们寄给他们的经纪人。寄出后,她等了又等,那一个月等到她都快人老珠黄了。

她又将稿子寄给纽约好几家出版社,后来获得一家出版公司的采用,于是出书过程就此展开。这本书在她26岁,父亲过世一年后出版。出书了,她终于梦想成真,而生活并没有什么改变。直到出了第四本书时,她的经济状况才改善。

由于写作,她有了一份在写作班任教的机会,于是她从此便一直在教写作。她就是美国古根汉学术奖得主的作家安·拉莫特,并在加州大学戴维斯分校及全美各地多个写作研讨会教授写作。安·拉莫特有多部著作,其中她的《关于写作》一书自1994年出版以来,蝉联Amazon网络书店分类排行榜第一名长达十四年之久,成为畅销经典。

多年来,安·拉莫特之所以取得那么多的成就,她说与她父亲教导他哥哥写作的关于"一只鸟接着一只鸟"的故事分不开。写作的时候,以及给写作班的学生上课时,她也总把它当成一个励志故事讲给学生们。

她哥哥10岁时,一天要交一篇鸟类报告。虽然他之前有三个月的时间写这份作业,却一直没有进展。当时面对艰巨的任务,她哥哥不知如何着手,简直快哭出来了。

父亲在她哥哥身旁坐下,把手放在她哥哥肩上说:"一只鸟接着一只鸟,伙伴。只要一只鸟接着一只鸟,按部就班地写。"这不仅影响了她哥哥,还影响了她。在写作班,她常会对学生们说,"不妨去写吧,一只鸟接着一只鸟。"只要慢慢来,终究会写出一篇文章的。

"一只鸟接着一只鸟,伙伴。只要一只鸟接着一只鸟,按部就班地写。"多么形象生动充满哲思的话语,激励、鼓舞人心,使人们获得一种崭新的思维。其实,生活中有困难没有什么好抱怨的,只要一步一个脚印地走起来,不断前进,就会走出一条长长的路来。不仅可以领略到沿途美丽的风景,还可以一步步地靠近自己的目标,不是吗?

(原载《知识窗》2015年第4期)

成功没有捷径,只能一步一个脚印往下走,坚持不下去的时候就告诉自己:可以走得慢,但千万不要停下来,因为一旦停下来,就输了。

把眼泪变成钻石

文 / 佳山

> 信念是鸟,它在黎明仍然黑暗之际,感觉到了光明,唱出了歌。
>
> ——泰戈尔

一个女孩,1976年出生于美国的宾夕法尼亚州的艾伦敦市。父亲是从爱尔兰移民来的泥瓦匠,母亲是一个售货员。她出生时,小腿就没有长腓骨,已完全丧失了行走的功能。1岁生日那天,她被截掉了膝盖以下的小腿。女孩刚懂事时,母亲就对她说:"孩子,你生来就是为了历经不平凡之事的。悲伤没有用,你要把眼泪变成钻石。"

女孩记住了母亲的话,一扫悲悲切切的阴霾,变得活泼开朗起来,充满了挑战和冒险精神。

然而,那时当地的诸多工厂纷纷倒闭,一场"美国梦"被残酷的现实击得粉碎。父母不能为她提供良好的教育环境,更别提时时保护她不受外界侵害了。但是,父母却没有丝毫的娇惯她,而是教育她和其他所有孩子一样去上学。

随着身体的发育,她的残肢必须进行相应的修整,为此,她总共接受了5次矫正手术。因为她长着棕色的头发,因为她跑得慢,因为人们爱拿异样的眼光看待她,所以,孩子们总取笑她。为了释放精神上的压力和烦恼,她就泡一个热水澡,然后就是和两个小弟弟踢球或是去骑车。为了增强体力,她每周日起床后都要做104组"醒神操。"

上大学时付不起学费，她听说国防部在乔治敦大学开设了一项国际关系奖学金后，果断报了名，最终以优异的成绩通过考试。而且，她还有幸结识了一名优秀的田径教练 p 老师。那位老师对她说的第一句话就是："嗬，强壮的小姑娘！"这给了她巨大的鼓舞，使她眼前一片光明，老师开始教她练跑步和跳远。

有一次她参加学校的田径赛 100 米跑，跑到一半，她的义肢突然掉了，她重重地摔倒了。所有的人都惊诧不已地望着她，她看了看老师，老师纹丝不动，只是挥了挥手，叫她装上义肢再跑。后来，老师对她说："人生也如赛场，停顿只有失败。"从此以后，女孩更加顽强，不屈不挠。

后来，她第一次参加全国田径赛就打破了 100 米跑国家纪录，这也点燃了她征战亚特兰大残奥会的渴望。果然，1996 年，20 岁的她，用碳纤维特制的义肢刷新了两项世界纪录：女子 100 米跑和跳远。尽管，她每跑一步都要花费正常人四倍的力气。她一下子成了美国人的骄傲和楷模，也激励了成千上万美国人的梦想。她受邀出席各种重大场合，为女子体育基金奔走呼号，登上各类杂志封面。

1999 年，英国服装设计大师亚历山大·麦坤邀请她做服装模特。T 台上，她那高高的木质义肢像双靴子一样，她又显得那样从容不迫，仪态万方，婀娜多姿，令人赞叹不已。走秀后，很多人到后台向她祝贺。

如今，她已是名扬世界的残疾模特，她叫艾米·穆林斯。

现在，艾米又荣登全球知名化妆品牌欧莱雅形象大使的宝座。有人说，艾米是一出戏，一个传奇。艾米说："真正的残疾是被击败的灵魂。"只要灵魂不败，就有成功的希望，就能把眼泪变成钻石，活出光辉灿烂的自己。

（原载《意林》（原创版）2011 年第 8 期）

每一个残缺的人都是让上帝咬过的一口苹果，不论身体如何，至少灵魂是丰满的。所以，永远不要放弃自己。

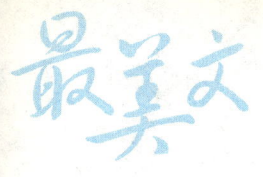

强者自救，圣者渡人

文/随风

穷且益坚，不坠青云之志。

—— 王勃

他出生在丹麦彪隆镇一个名叫比隆德的小村庄，20世纪30年代初，已经41岁的他遇到了人生中最大的坎儿。

他是一个木匠，凭着出色精湛的木工技艺开了一家木制加工厂，生意还算不错。但是1932年的经济大萧条冲击到了这个小镇，所有的手工艺人都接不到订单，他也辞掉了最后的一名工人。

紧接着，妻子一场大病后离开人世，留下他和四个孩子在偌大的木制厂里相依为命，最小的孩子6岁，最大的孩子15岁。面对厄运，他犹豫不决：如果不能重新再来，那就找一份工作来做。

一个偶然的机会，他遇到了在工业协会上班的好友杜楠特，杜楠特告诉他道："你的手艺那么好，一定不要放弃这个老本行，可以制作那些花钱不多，家庭必备的木制家用小产品啊！"

他听后觉得还不错，回到家里，几个孩子正在拿着玩具做游戏，他突然意识到自己的主攻产品应该是玩具，他心想："玩是孩子的天性，玩具始终是孩子们最重要的伙伴，无论何时，孩子都不能没有玩具。"可家人和朋友听后都反对，他们都嫌儿童玩具不赚钱，这样做只会重蹈破产的覆辙。

但他坚持己见，开始将自己精细的木制手艺和艺术感全部应用在制作木制玩具上来。

重新开张的木制厂成了真正的"玩具王国"，由于质优价廉，深受孩子们的喜爱，销量比以前做木制家具还大。1940年4月9日，丹麦被德军占领，政府禁止进口外国玩具，而且还禁止在玩具中使用金属和橡胶。这无疑给他的工厂带来了好的发展机会，他的木制玩具销量两年间就翻了一倍。

然而厄运再次降临，1942年一个风高月黑的夜晚，不知是谁把火源带进了工厂，燃尽了所有的产品和设备，工厂一夜之间几乎化为灰烬。他站在工厂的废墟上整整一天，欲哭无泪，他想放弃自己所追求的事业，带上几个孩子远走他乡。

就在他收拾行李准备离开的时候，一名雇员走了进来，雇员对他说道："你可以一走了之，但你这样的做法给我们留下的只有一个印象，那就是在困难面前的怯懦和对员工的不负责！你以前所有的努力都是白费！"他走到门口一看，留下来的十几名工人站成一排望着他，眼里满是期待和鼓励，他决定重整旗鼓。

在家人和雇员的帮助下，他的工厂奇迹般地在废墟上重建了起来。生产的"悠悠"玩具曾经红极一时，但没过多久，"悠悠"风潮戛然而止，望着仓库里堆积如山的"悠悠"，他懊丧地拿过一个一劈两半，忽然发现当做玩具卡车的轮子再合适不过了，他心想："与其重新建造木制玩具生产线，还不如放弃它们专门生产积木。"

随后工厂增加了一些现代化的大型生产设备，并开始尝试生产用塑料砖块进行拼砌的玩具，虽然规模有限，雇员不多，但是极富凝聚力和团队精神。每天早晨开始工作之前，他和所有的雇员都要聚集在一起，先开一个简短的祈祷会，这个习俗一直沿袭了几十年。

有一次，他的大儿子在给一个鸭子玩具喷漆时节省了一道工序，儿子

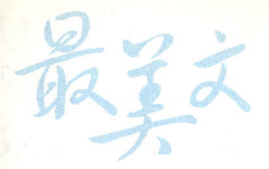

　　高兴地告诉他为公司节省了开支。他生气地说："你为什么这么做？"儿子解释道："我只不过给鸭子涂了两次漆，而不是常规的三次。"

　　他立即命令道："马上去取回那些鸭子，涂上最后一遍漆，然后再重新包装好给客户送过去。所有的这些工作都必须由你自己完成，即使是通宵也要完成。"儿子听后只得乖乖地照做去了。由于他强抓管理、注重质量和诚信，销量和利润在玩具市场一直处于攀升状态，从小工厂到大公司，规模越来越大。

　　这家公司就是世界上有名的乐高玩具公司，他就是公司创始人克里斯第森。

　　从木制厂到大公司，从小木匠到"玩具国王"，今天的乐高在世界范围内拥有两百万会员，被美国《财富》杂志誉为"世纪玩具"。

　　面对厄运的频繁降临，克里斯第森也曾彷徨过，但他最终选择了直面和承担。电影《肖申克的救赎》中有一段话："每个人都是自己的上苍，如果你自己都放弃自己了，还有谁会救你？强者自救，圣者渡人。"对克里斯第森是这样，对每个人亦然。

（原载《语文报》2014 年第 6 期）

　　没人可以打败你自己，只有你自己全线崩溃然后妥协。哪怕被灾难踩在泥土里，也要奋力拼搏，开出灿烂的花朵。

要在火星上退休的人

文 / 奇清

真正的勇气在极端的胆怯和鲁莽之间。

——塞万提斯

世界上掌握航天器发射回收技术的只有四个：美国、俄罗斯、中国，还有埃隆·马斯克。

不要以为埃隆·马斯克也是一个泱泱大国，他不过是美国的一位企业家。马斯克生于南非，十八岁时移民美国，2013年的一天，四十一岁的马斯克说："我要在火星上退休。"千万不要以为他这是天方夜谭或痴人说梦而对他嗤之以鼻，其实他早已将一个个"天方夜谭"变为现实。

发射火箭从来都是发达国家的事，可他就有雄心跻身之中，一定要将火箭送上天空。那还是2002年1月，即马斯克三十岁时，有那么一段时间，无论到哪里，他的口袋里总会装着《火箭推进基本原理》等一类的书，一旦有点儿时间他就认真研读。不到半年，马斯克硬是把那些枯燥无味的推论、定理一一掌握。之后，他开始游说了，技术精英们一呼百应。

"那天暴热，气温达到了四十几度，马斯克打电话约我见面，两小时以后我意识到，这是一个梦想成真的时刻。大公司里永远都不会有这样的机会，我要是不立刻行动，将来老死了躺在棺材里我都会跺脚后悔的！"说这

话的是克里斯·汤普森——麦道飞机公司里主持"大力神"火箭的设计者。

与汤普森有同感的还有世界最大的引擎制造商 TRW 的液体推进器专家汤姆·穆勒，以及在波音公司当了十五年"Delta"火箭的测试主管蒂姆·布扎。尽管在马斯克初创 SpaceX 公司时就有这些精英倾力为他工作，但一家私人公司独立研发可发射升空的火箭，其困难无不超乎想象。

2006 年，他们开发的猎鹰 1 号火箭首次发射，仅仅一秒后就因燃料管破裂而失败，此后又经历过多次挫折。后来马斯克在接受《华尔街日报》采访时说，2007 年到 2009 年是他"一生中最糟糕的两年"，猎鹰 1 号火箭试射失败，妻子要与他离婚。"那些等着看笑话的人差点就如愿以偿了，我每天几个小时几个小时连续发疯似的工作。"

一个志向宏大，能不断从失败中吸取教训的人，成功其实只是迟早的事。2008 年 9 月，猎鹰 1 号运载火箭终于发射成功。成功就会有人来捧场：美国国家航空航天局与马斯克签订合同：承诺为之提供支持资金 10 亿美元。

这让马斯克如虎添翼，紧接着他们开始制造"龙"飞船，飞船外形呈"子弹"状，可以乘坐七人。2011 年美宇航局与他们签署一份价值 16 亿美元的合同，任务是让龙飞船为美国宇航员提供十二次运输补给任务。这使得龙飞船成为全球屈指可数的商用太空飞船之一。2012 年 5 月 31 日，"龙"太空舱与国际空间站对接后返回地球，成功开启了太空运载的私人运营时代。

"最快在十年内，我的飞行器就有能力将乘客送上火星，最不济十五至二十年也就够了。"马斯克在接受媒体采访时表示，"我的终极目标是要让人类在火星上定居。"由此马斯克也就有了在火星上退休的打算。

总结他们成功的经验，最突出的就是"简单"，从而达到目的可靠性和低成本。在加州地区 5.5 万平方英尺的 SpaceX 公司总部，没有庞大的开发实验室，没有一大群博士，也没有政府津贴，就那么几个精英在为制造火箭忙碌着。他们大量采用了成熟技术和成熟设备，为了降低成本，马斯克们找最便宜的打捞公司在海底打捞火箭残骸，以获得尚可利用的设备、零件及原材料。

他们的成本因而极其低廉，如成功将"龙"太空舱运往国际空间站的猎鹰 9 号火箭，研发费用仅仅 3 亿美元，不到美国渐进一次性运载火箭（EELV）研发费用 35 亿美元的十分之一；猎鹰 9 号火箭的标准发射费用为 5400 万美元，而在美国火箭发射市场占据垄断地位的联合发射联盟（ULA），平均每次发射就需 4.35 亿美元。

马斯克并非富二代，所有钱都是凭着他的智慧与辛苦挣来的。1995 年，他和弟弟开发了一个在线内容出版软件 Zip2。四年后，Compaq 公司以 3.07 亿美元现金和 3400 万美元股票期权将其收购。

随后，马斯克又与人合伙创办了贝宝（PayPal）——开创网上第三方安全支付平台的先河。仅仅三年，PayPal 用户达到 1.1 亿，2002 年 10 月 eBay 以 15 亿美元将其收购，马斯克则通过这桩收购获得约 3 亿美元。

2003 年，电动车还停留在概念层面，性能饱受诟病，无法满足人们的日常生活需要。但马斯克推出的第一款电动跑车 Tes-laRoaster，解决了高容量电池和高性能电机等关键技术问题，单次充电可行驶 393 公里。

2009 年 10 月，他更是将自己创造的这一纪录刷新到 501 公里。如此先进的电动车，在全球却是最便宜的，因此非常畅销。

这些也就为马斯克制造火箭提供了资金。

日前，马斯克再次用自己的想法引爆全球：设想一下，未来坐进密封的胶囊舱，之后胶囊舱在低压管道中以每小时 1200 公里的时速穿梭，如只要两小时就能从纽约到北京。鉴于马斯克一次又一次将"天方夜谭"变为现实，没有谁怀疑速度将是火车的三倍、飞机的两倍，从纽约到北京票价只要 20 美元的"超级高铁"的可行性。

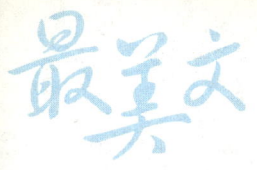

因为这些,马斯克被称为"真正的钢铁侠"。

马斯克的故事再次向我们诠释,世界奇迹就在敢想敢干且脚踏实地之中。

(原载《读者》(校园版)2014 年第 12 期)

听过一句俗语:撑死胆大的,饿死胆小的。的确,在当今这个社会,只有想不到的没有做不到的。一个勇敢的人,从来不会缺少商机,敢想敢做,终能成功!

第四辑

邓紫棋：我选择永不停息的努力

这是一个年轻实力派歌手的成长历程，在流光溢彩的年华里，选择永不停息的努力——年轻不怕跌倒，痛过之后也要勇敢地站起来。经历、资历也许不够丰富，但并不代表能力与实力的欠缺。尽自己最大的努力用心去做每一件事，终究有那么一天，回头看看来时的路，会发现迷茫不过是泡沫，一触就破！

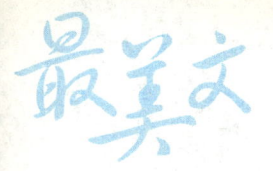

成功背后

文 / 涂丽

志当存高远。

—— 诸葛亮

四岁时，妈妈带他去学钢琴，老师弹了一曲，他听了一遍就能复弹出来，老师誉之为天才。从四岁到九岁，他一直在学钢琴，老师极严厉，他每弹错一个音，"啪"的一声，一棍子已打在他的手背上。五年里，他的手背每天都是青的。回家后，还要练琴到深夜，母亲手拿一根小棍子就站在他的身后。

等到睡觉时，十个手指肿得老大，钻心的痛，连掀被子这么一个简单的动作，都要忍着巨大的疼痛才能完成。他的童年是在汗水与泪水中度过的，少了许多童趣。我真不敢想象，那么小的一个孩子，是如何挺过来的。

十岁时，他开始学习大提琴，爸爸有了外遇，他被送到了奶奶家。那是一个寂寞的乡村，除了清冷的晚风与空旷的原野，只有如泣似诉的大提琴陪伴着他，他变得更加内向和忧郁。

十四岁，父母离婚了。十六岁，由于家庭的变故和对音乐的过于投入，他中考时一共才考了一百多分。面对着母亲的泪水，他也茫茫然地落泪。

他开始卖报，用大提琴招揽顾客。几个月后，一个老师路过，惊诧于他琴技的精湛，介绍他进了一所高中的音乐班。十八岁，十九岁，两次高考落榜。又由于长期弹琴，他得了僵直性脊椎炎，现代医学无法根治，从此他常常因为疼痛而冷汗直流。

病痛缓解后，他在一家餐厅当了服务生，几个月后，成了餐厅的钢琴手。后来，在朋友们的鼓励下，他报名参加了台北星光电视台《超猛新人王》的大型选秀活动。他自己填词，自己谱曲，创作了一首新歌《梦有翅膀》。比赛那天，他钢琴伴奏，另一个年轻人主唱，没想到配合失败，台下倒彩声一片。

他泪流满面，不肯下台，对别人而言，不过是一个游戏的结束，但是对他而言却是梦想的破灭。对于一个打工仔而言，这样的机会一生能有几回，想到伤心处，他放声大哭。主持人上来了，看看他的曲谱安慰他说，小伙子，曲子谱得不错，很有潜力，明天来我的公司上班吧。这位主持人，就是台湾的顶级娱乐人——吴宗宪，阿尔法音乐公司的老板。

进入阿尔法公司后，底薪四百，专门为歌手写歌，曲子被采用后，另有薪酬。大半年后，竟没有一个歌手愿意用他的歌，在竞争激烈的娱乐界，用一个新人的作品是要担风险的，没人愿意。

他决定背水一战，他要自己演唱自己的歌。他冲进吴宗宪的办公室，请求给他一次机会。吴宗宪被这个年轻人的执著感动了，决定给他一次机会，不过有个条件，就是让他在十天内写出五十首新歌。

十天里，他不眠休，终于写出了五十首新歌。吴宗宪从中精选了十首，发行了他的首张专辑。专辑上市后，大受欢迎，销售一空，从此他成了年青一代的偶像。

他的名字叫周杰伦。

其实第一次听周杰伦的歌，我很是没有好感，我想，这大概是个富家子弟，是家族用大把的钱把他包装捧红的吧。而当我了解了他的成长经

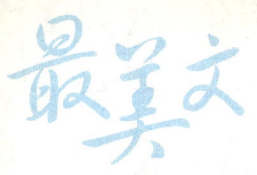

历,懂了他光鲜照人的成功背后,那一串串感人至深的人生足迹后,再看荧屏上那个活泼玩酷的他时,心中立刻涌起了深深的感动与钦佩。这也让我明白所有人的成功都非侥幸,所有成功的背后,都有一个满是酸辛挣扎拼搏的故事。

当你对别人的成功充满艳羡或故作不屑时,我想问你,那汗水纷飞血泪交织的奋斗历程,你有吗?

(原载《语文周报》2012年第9期)

当我们看到别人过着光鲜亮丽的生活的时候,总是忍不住感叹他的成功,却从来没见过他默默付出的那些灰暗日子。每个人都是不能选择家庭或者身世的,可是每个人都可以选择去怎么活。

斗米中显人品

文 / 刘艳梅

人不可有傲气，但不可无傲骨

——徐悲鸿

"淮阴第一状元"丁士美是嘉靖、隆庆、万历三朝重臣。史料称他"淹贯经史，正直忠厚，朝野共钦，坦荡无私"，敢在御前直言劝谏，开导事理。明神宗感其品高德正，赐书"责难陈善"。

在丁士美读书的年代，明朝规定凡廪生都可以领到官府月供六斗米。那些年龄较大和家境贫寒的廪生，经常偷偷把丁士美的米给分了，而丁士美依然和颜悦色。

后人余杰武断地感慨道："一个不懂得保护自己权利的人，必不会保护他人的权利；一个以忍辱来获取全名的人，必不知人格尊严的可贵；一个对黑暗安之若素甚至与之共谋的人，必不会期望光明的到来。"

丁士美两任妻子在其中举前已去世，同为翰林官同事的浙江人赵祖鹏，有一女为权臣陆炳的继室，倚仗陆炳势力富贵一时。赵祖鹏还有一小女才貌双全待嫁，赵祖鹏欲将小女嫁给中年丧偶的丁士美状元，丁却拒绝了这门婚事。而会元蔡茂春仰慕赵家权势，竟入赘为婿，一时清议沸然，大家都鄙薄蔡而推崇丁。不久，陆炳去世，赵祖鹏被贬谪，家境立刻衰落，蔡茂春亦在官场屡遭不顺。

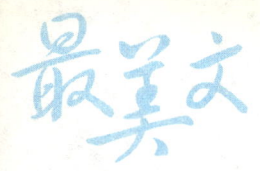

嘉靖三十八年,丁士美在金殿上当着皇上和文武百官的面滔滔不绝地讲他的治国良策:"帝王之致治,是必君臣交儆,而后可以底德业之成;必人臣自靖,而后可以尽代理之责。"

并提出"去三浮,汰三盈,审三计","三浮"是指官浮于冗员、禄浮于冗食、用浮于冗费;"三盈"是指赏盈于太滥、俗盈于太侈、利盈于太趋;"三计"是指有不终岁之计为下也,有数岁之计为中也,有万世之计乃为上也。于是龙颜大悦,世宗连说"好",亲自用朱笔在其文章下写了"君臣交儆,人臣自靖"。

与人为善,不为六斗米与人为仇,不为攀附权贵而丢失名节,不求一己之利而争,而为百姓社稷之利而直言,状元丁士美其为人处世当为楷模。

(原载《做人与处世》2014 年第 11 期)

不计较得失,也不贪图富贵攀附权贵,无论何时都显示自己的本色,这便是我们今天需要学习的地方。

邓紫棋：我选择永不停息的努力

文 / 曾少令

奋斗是万物之父。

——陶行知

她，出生于一个音乐世家，在家人的熏陶下，耳濡目染，从小便对音乐情有独钟，并且表现出惊人的音乐天赋。

四岁开始学钢琴，五岁开始作曲和填词，十三岁获得钢琴八级证书。2008年，正值16岁花样年华的她，正式出道，取得了骄人的成绩，一举成为乐坛的叱咤风云人物，横扫香港各大音乐颁奖礼的新人奖项，人称"巨肺小天后"，她就是90后歌手——邓紫棋。

凭借自己的努力和实力，二十二岁就在香港红馆开满十场个人演唱会，能在这个年龄里取得如此大的成就，绝无仅有。

为梦想而坚持不懈

在四岁这个童真年代里，有的是一颗童稚无邪的心。和她同龄的小朋友终日沉浸在各种有趣、好玩的活动上。而她，出于对钢琴的热爱，却乖乖地呆在钢琴前，跟老师学习弹钢琴。为了心中的音乐梦想，不曾埋怨，认真求学是她对童年里最美时光的有力回应。欲要用钢琴之音来抒发自己的情感，将它融入自己的生命。

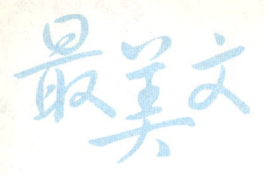

在十二三岁时,她开始创作《我的秘密》这首歌,歌词写好后,因对版本的不满意便一直将它搁置起来。

待她终于走上歌手这条道路进行歌曲创作时,基于从小深受古典音乐的影响和对钢琴的无比钟爱,在原来创作的基础上,她将有些歌曲加入古典元素并改为钢琴版本,取得了意想不到的效果,形成自己独特的音乐风格。为了能使自己与改编的歌曲相融,她不惜花出大量时间去练习。在她眼里,只有钢琴与她一起在舞台上面表演,才是完整的自己。音乐不是最想做的事,却是她唯一想做的事,她为音乐梦想而痴狂。

压力是前进的动力

她不仅能把歌唱得让人拍手称绝,作词方面还是难得的天才。她自己唱的歌,基本上都是自己写词作曲的。每一首她写的歌,娓娓向我们道来的都是她内心的真实感受,抑或是她的亲身经历,充满灵性与感染力。譬如《泡沫》《睡公主》《偶尔》……

每天都有繁忙的工作把她围得水泄不通,为拍一部精彩绝伦的ＭＶ常常是从早上拍到晚上。拍完之后,还要去找监制人讨论新专辑的有关问题,时常工作到深夜,辛苦不在话下。第二天还得早起坐飞机到另一个城市去工作。

面对如此繁重的工作,她却还能干得乐不思蜀,甚至对于外界无中生有的舆论压力,她依然保持着一颗乐观的心态,学着金鱼的样子自娱自乐,宠辱不惊。

她说:"没有压力,人就永远无法学会如何面对压力,所以,我还是会感激给我压力的人。因为我是正常人,所以我会有压力,可又因为我是很乐天的人,所以我的压力不会太大。珍惜机会学习面对它,下次我就不怕它了!也要珍惜鼓励我的人,鼓励我的你们。"

有付出才会有所收获

"每天录音9个小时真的很累,可是听到那些越来越成形的歌,就觉得很值得。今天录的是我之前提及过的那首小王子跟小玫瑰的歌,作曲填词都是我自己,所以感触特别深,今天录的时候哭了……还记得那时候我提及这首歌时,你们都以为这是讲小王子跟小玫瑰如何幸福的歌,其实不是,这首歌,很沉重。"

听完她说的这句话,让人不得不惊讶于她对音乐的执著,不得不佩服于她在音乐方面造诣颇深。音乐俨然成为她生命里不可或缺的组成部分,她用自己的音乐诠释着在音乐路上的风风雨雨。纵使世态炎凉、人言可畏,她相信,凡事只要用心,认真努力,尽自己最大的能力去完成,定是可以打动人,定会有所收获的。

她只是希望她的歌迷和听她歌的人,能够从中获得精神皈依与寻得心里安慰,为他们带去正能量。那些困难与挫折,不过是暂时的,人首先不能放弃自己。可能你付出一百分却只有十分的收成,但如果因此气馁了不再付出,那么你将会连十分的收成也没有。所以凭借自己的付出与努力,终能乘风破浪,到达梦想的彼岸。

永不停息地努力

2014年1月3日,她参加了湖南卫视《我是歌手》第二季这一竞演节目,与她对垒的是六位乐坛前辈,可谓是高手云集。

在三场竞演下来,她挑战不同的音乐风格,展现出无与伦比的音乐风姿。时而低吟出对爱的无奈与沉迷,时而用高音道破了生命的浮沉,传递着一股巨大的正能量,听得人如痴如醉,感动不已。这般瘦小的身躯却暗藏着如此大的能量,灿烂夺目,让人赞不绝口,也令几位前辈刮目相看,更是深受广大听众的喜爱。

在总决赛中,她摘下亚军的骄人成绩,这其中与她实力和努力确实脱不了干系。她常常在努力排演的同时,还举办了自己的个人演唱会,丝毫不曾有一刻的松懈。她说:"有幸能跟六位那么厉害的前辈同台,一定要付出自己最大的努力全力以赴,才能表达对他们的尊重。拒绝怠惰,我选择永不停息的努力。"

这是一个年轻实力派歌手的成长历程,在流光溢彩的年华里,选择永不停息的努力——年轻不怕跌倒,痛过之后也要勇敢地站起来。经历、资历也许不够丰富,但并不代表能力与实力的欠缺。尽自己最大的努力用心去做每一件事,终究有那么一天,回头看看来时的路,会发现迷茫不过是泡沫,一触就破!

(原载《语文报》2014年第33期)

我们是该经常这样问问自己,你真的努力了吗?你确定已经努力不下去了吗?当你这么问自己的时候,你就知道怎么办了。

不妨暂时搁置梦想

文 / 念珠

行到水穷处，坐看云起时。

——王维

要有最朴素的生活，和最遥远的梦想。

那一年，他到北京师范大学求学。他的梦想是当一名导演，但兜里只有父亲给他的 2000 元，连生活都不够，更别说交下学期的学费了。怎么样才能够生存下来？自己首先得学会赚钱。

同宿舍有个同学是学摄影的，他就跟着他学拍照、洗照。之后，他自己写小广告，张贴在学校内外。没有照相机，他就借，他以这样的方式开始了在北京的生活。

有一天，他听说著名的吉他手刘义君在附近一个饭馆吃饭，恰巧有一个同学认识刘义君，他就跟着去蹭饭。饭局上，刘义君问他是做什么的。他说："拍照片的。"

能和著名吉他手同桌吃饭，他觉得这是一个机会。他主动"黏"住刘义君："不知我有没有机会帮您拍一套照片？"没想到，刘义君很爽快地答应了。他干脆趁热打铁，跑到饭馆旁边的小卖部买了个一次性照相机。

刘义君看了看他手上的相机，犹豫了一会儿，还是配合地站到饭馆门口，让他拍了一些照片。

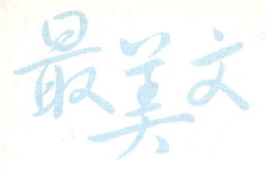

当晚他洗完照片，发现质量太差了，他一边摇头一边自言自语："设备差，环境差，光线也差，拍出来的照片能好吗？"

他不希望一个名吉他手的形象就那样被丑化，于是第二天坐车从北京到太原，找太原的一个朋友帮忙补救。两人挑出其中的六张照片，用了整整一夜给照片抠图、换背景，然后重新制作。第三天，他又坐车回到北京，托同学把照片转交给了刘义君。

当天下午，他就收到了刘义君发来的信息："你能来找我一下吗？"他找到刘义君，刘义君说："我正好要出专辑了，你能做我的专辑摄影师吗？"

他受宠若惊，爽快地答应了，这之后，他借来相机，为刘义君的专辑忙前跑后。专辑制作完成的时候，刘义君要酬谢他，他谢绝了。刘义君特别过意不去，就给摇滚圈的朋友挨个打电话，向他们推荐他。

就这样，他顺利地打入了流行音乐圈，一边上学，一边做职业摄影师。在流行音乐圈里，他和天堂乐队的主唱雷刚混得比较熟。雷刚有天突然问他："你不是学节目制作专业吗？会拍MV吗？"他嘴上应承着"有什么不会呀"，心里却直打鼓。接下来，他又狠下一番苦功，恶补拍摄MV的手法。渐渐的，他的名气在流行音乐圈中传开了。

大二下半年的一天，他带了20万元现金回家，对父亲说："爸，我以前借你的钱现在可以还给你了。"母亲吓坏了，问了半天才知道那20万元都是他正经赚来的。

临毕业，他问自己：难道就这么混下去吗？ NO，他心里答。直到此时，他才迈出梦想的第一步，开始尝试写第一个剧本——《钻石》。《钻石》很快就被中国戏剧学院的老师看中，鼓励他排成毕业话剧。

多年之后，已经读完北京师范大学和北京电影学院的他又翻出《钻石》剧本，拍成了小成本喜剧电影——《疯狂的石头》。

《疯狂的石头》上映后广受业内外好评，并荣获多项导演大奖。之后，这个名叫宁浩的青年新锐导演一发不可收拾，接连拍摄出多部诙谐幽默的

强者自救 圣者渡人

电影，受到媒体和观众的高度赞扬。

成功后的宁浩常被人问当初是怎么实现梦想的，宁浩说："我觉得我刚到北京时完全不敢想梦想，因为如何活下去成了更重要的事。于是我只能把梦想搁在一边，先说现实，先讲生存。但我一直没离梦想太远，我绕几个小弯儿解决了眼前的经济危机，又重新出发寻梦，直到实现梦想。人的一生，总会有梦想和现实发生冲突的时候。我的建议是，不妨暂时搁置梦想，先让自己活下去。"

（原载《莫愁》（智慧女性）2011年第1期）

在追逐梦想的时候，往往会碰到现实的阻碍，比如吃饭问题、住宿问题。遇到这样的情况，我们不妨采取迂回战术，先填饱肚子，先找到安身立命的地方，然后再一步步接近梦想。因为生存才是第一位的。

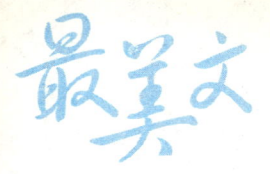

"歧视"是把双刃剑

文 / 朱笑寒

> 卓越人物的一大优点是：在不利和艰难的遭遇里百折不挠。
>
> —— 贝多芬

山尾正男，日本东京人，自幼爱好书法，十二岁就已经在书坛崭露头角。他的作品端庄秀美，线条飘逸，又因是左手行笔，所以常能翻新，出人意表。日本当代著名书法家西川宁看了他的作品后，大加赞赏，当时就断言，假以时日，山尾正男一定会是一位了不起的书坛名家。

1989年，西川宁先生去世之时，唯一念念不忘的就是这位书坛天才——山尾正男。

可是让人意想不到的是，二十多年过去了，山尾正男居然毫无建树，他就像是从书坛凭空消失了一般。一位记者经过多方打探，终于找到了这位当年的天才少年，却发现，他早已不能写字了，因为一拿起笔，他的手就禁不住发颤。

怎么会这样呢？

原来，上中学时，有一天，他正在教室里手舞足蹈地忘情练字。一群同学走了进来，大家纷纷攘攘着："瞧他那样子，活像个小丑！"其中有个女孩子，是他暗恋了很久的，竟然也轻蔑地撇着嘴："还自鸣得意？不过是小丑而已！"他如遭雷击，僵立当场，从此落下了手颤的毛病。

几个孩子的戏言，居然就毁了一个天才的成功之路，歧视的力量真是巨大！无独有偶，在十九世纪的巴西，也发生了一件关于"歧视"的真实事件。

1932年，曼努埃尔出生于巴西东部的一个普通工人家庭。一生下来，他就左腿向外撇，右腿向内弯。长大后，虽然经过一次腿部的矫正手术，但是他的一条腿仍比另一条腿短六厘米，走起路来，摇摆起伏非常困难。加上他身形瘦小，看上去就像一只小鸟，便得到了"加林查"的绰号。

上小学时，有一次老师让同学们说说自己的理想，加林查勇敢地站了起来："我想当一名优秀的足球运动员……"话音未落，教室里已是哄堂大笑，就连善良的老师也笑着说："加林查的想象力真丰富！"加林查咬着嘴唇，泪水在眼眶里直打转，但是他没有哭，他在心中发了一个誓言：一定要成为一名优秀的足球运动员。

从此，加林查开始了刻苦的足球训练，那份坚定与执著，不管谁看了都会动容。常常训练回来，两只脚都已经血肉模糊，连鞋子都脱不下来，妈妈看着直抹眼泪。

1953年加林查凭着精湛的球技，加入了博塔弗戈队。7月19日，在与本苏克森队的比赛中，他一人独进两球，为球队奠定胜局。在效力博塔弗戈队的12年里，加林查2次夺取圣保罗州联赛冠军，3次卡里奥卡锦标赛冠军，参赛581场，共打进232个球。

1964年，在足球人才济济的巴西，加查林入选国家队。效力国家队期间，加查林更是取得参赛60场，52胜7平1负的辉煌战绩，被认为是和贝利齐名的巴西最伟大的球员之一。他的原名是曼诺尔·弗朗西斯。

也许，加林查当初说自己的理想是当足球运动员时，不过是孩子的爱好而已。但是，同学们的歧视激发了他的血性，这才让他把"做一名优秀的足球运动员"当成了奋斗一生的坚定信念。

他人的歧视，其实是把双刃剑，能把人推下地狱，也能把人送上天堂，最终结局怎样，关键还要看我们自身的修为！

（原载《思维与智慧》（上半月）2010 年第 6 期）

在人生路上，有的人成就自己，有的人却被别人的语言打败。情绪这东西，你不在乎它，它就伤不了你。当然，这些攻击也可以成为你的动力，可是不幸的是，有时候你却认为别人说的是对的，然后你就输了。

卑微是最好的起点

文 / 孔超

不要志气高大,倒要俯就卑微的人;不要自以为聪明。

——《圣经》

他的童年,是酸楚的。

爷爷是捡破烂的,父亲是普通的工薪阶层,为了解决一家七口的吃饭问题,他和妈妈常常去菜市场捡烂菜叶子。有一回,一个满脸市侩的汉子,很鄙夷地把一篮子的烂菜叶子抛过来,撒了他和母亲满脸满身。回到家里,他躲在房间里,委屈的泪水冰凉地爬满了面颊。母亲立在灰暗的小厨房里,也暗暗垂泪。

即便这样,到了月末,家里还是常常没了买米的钱,母亲只好到邻居家借。每次借钱回来,母亲总是一脸的疲惫,显示着与年龄不相符的苍老,而父亲,总是黯然无语。虽然借的钱下个月就还上了,但是邻居们还是慢慢地都开始躲着他们。

这一切,都深深地刺痛着他的心灵。多年后,回忆起来,他仍然伤怀地说,那是一段穷得没有尊严的日子。

为了找回尊严,十六岁的他开始为一家人的生计奋斗。那时霹雳舞刚

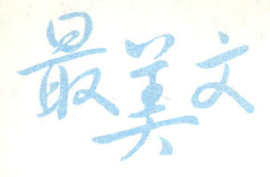

刚传入中国，在各地非常流行。听说霹雳舞演员都有不菲的收入，于是，每天晚上，他都偷偷地跑去青少年宫练霹雳舞。他练得极为认真，不要命地练，汗水浸透了衣服，就像是从水里捞出来的一般。几个月后，老师找到了他的父亲，说他几个月没上晚自习了。

当父亲在青少年宫把他揪出来时，父亲两眼圆睁，愤怒得像头受伤的野兽，高高地举起了巴掌。他泪水满面大声哭喊着："我穷怕了，我要挣钱……"父亲愣住了，那个巴掌再也落不下去。

父亲抽了一夜的烟，第二天早上，父亲告诉他："你去参加比赛吧，获奖了，就继续跳；获不了奖，就给我回校读书。"有了父亲这句话，他开始了更加刻苦的训练。借了同学家的八喇叭录音机，夜以继日地练习迈克·杰克逊的霹雳舞。1987年，他参加黑龙江省霹雳舞大赛获得了一等奖。1988年，在重庆举行的全国第二届霹雳舞大赛上，他获得了二等奖。

他开始在各地表演霹雳舞，演一场一百元，一个月演三四十场。而当时，大学教授的月薪不过五百元。他终于从丑小鸭变成了白天鹅。这一年，他十八岁。

然而，富足的生活并没有让他停下奋斗的脚步。1995年，他只身一人来到北京，报考了中央戏剧学院音乐剧班。为了体重达标，他在一个月内把体重从178斤减到了142斤。

医生说，如果不是凭借坚定的信念和顽强的意志，如此高强度的减肥会要了他的命。功夫不负有心人，终于，从七百名的补招生中，他成了唯一一位跨入中戏大门的幸运儿。

他叫孙红雷。2009年，凭借在《潜伏》一剧中的精彩表现，他获得了第27届飞天奖优秀男演员奖。并被张艺谋导演相中，担任其新片《三枪拍案惊奇》的男主角。怪不得有人说，09年娱乐圈最红的男演员就是孙红雷，红得就像西红柿一样。

因为卑微,所以奋发;因为奋发,所以杰出!英雄出自草莽,说的就是这个道理。

当听到有人慨叹出身卑微时,我却要在内心祝福他们:你们有福了,因为,卑微是最好的起点!

(原载《语文周报》2014年第34期)

每个人都有或多或少的自卑,有时候甚至觉得自己卑微得都可以钻到土里。可是现状不是我们能够决定和改变的,能改变的,只有自己。所以你要把自己当成一只迟早都要飞走的鸟,你要相信,你一定可以飞离这片苦海。

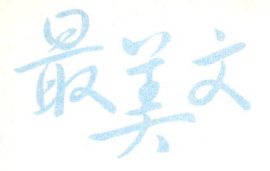

"苦"即是"补"

文/清翔

人生在勤，不索何获？

——张衡

他说，"自找苦吃"，就是"自找补吃"。说这话的是1995年出生于长沙的吴牧天。

儿时的吴牧天，是令父母最为烦心头疼的"捣蛋王"，不但暑假、寒假作业不做，还经常和人打架，父母隔三差五地就要上别人家赔礼道歉。后来父母明白：孩子是不珍惜眼下的幸福。

母亲有一个表亲在平江农村，表亲的孩子非常优秀，暑假母亲便带着吴牧天去了这位亲戚家，让他和他们家的孩子吃、住在一起，劳动、学习在一起。"去了他家之后，我心里非常震撼，房子破旧，吃不好穿不好，就连睡觉也睡不好。他不但要学习，还要做农活，成绩竟然那么好。"吴牧天感慨地说。这才知道世上还有人条件比他差得多，却又是那样肯吃苦。

从平江农村回家后，灵魂被触及的吴牧天如同换了一个人似的，将全部心思放在学习上，很快他就尝到了吃苦的甜头。

初二寒假的一天，吴牧天写了篇议论文，写完后，他让爸爸"提提看法"。其实，他认为这篇作文写得挺不错，是想让爸爸夸奖他。谁知，爸爸看了后，指出好几处地方让他修改。修改就修改，不就是吃点苦吗！两个多小时后，总算修改完了。爸爸看后竟然又指出了新的不足，他又进行第二遍修改……一直改到第六遍，爸爸这才露出笑容，说："可以了。"此时已是 11 时 50 分了。

古诗有言："从来好事天生俭，自古瓜儿苦后甜"。这篇文章后来被一家报社刊登了，又被《初中生优秀作文》选载，同学们由此对他刮目相看。这也让他体会到一个道理："要想人前风光，就得人后吃苦"，人前风光就是对吃苦的"补偿"，尝到甜头的他此后便有意识地"自找苦吃"。

2011 年，吴牧天作为优秀高中生被学校派到美国做交流生，交流后期，要为老师做助教。物理、英语成绩优秀的他，原本想发挥自己的优势，选取其中一科做老师的助教，没想到这两科已有了人。那么选择哪门课呢？正想着时，历史老师正好从他身边走过，他犹豫了一下，也不过三秒钟，便向历史老师说："我想给您当助手，您愿意吗？"并表示要将这门课的成绩以最快的速度提上去，因为历史是他最差的一门课。

历史老师说："看到你在历史课上一直在努力追赶，又敢于向我提出这样的要求，我愿意破例让你试试。"这次助教他被学校评为优秀，一再尝到甜头的他在后来的日子里，更是主动给自己加压。因此，他有了太多的"补偿"，尝到很多甜头。2012 年，他以优秀的成绩考上了被誉为"美国航天航空之母"的美国名校普渡大学物理系。

吴牧天还在三十多万字的自我管理日记的基础上写了《管好自己就能飞——一个优秀中学生的自我管理秘诀》一书，该书在 2013 年 3 月出版后，立即成为畅销书，并获得 2013 年度冰心儿童图书奖，上市仅八个月销售即突破三十万册。

"自找苦吃"就是"自我管理"，正如吴牧天的父亲吴甘霖所说："千般逼万般宠，不如孩子自己懂。""最好的教育，就是让孩子自我教育，最好

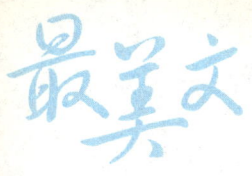

的管理就是自我管理。"

"女娲炼石补天处，石破天惊逗秋雨"，"苦"即是"补"，凭此信念，也许你就能成为"补天"之人，令人惊异让人仰视。

(原载《意林》(少年版) 2014 年第 15 期)

知道苦便是懂得生活，我们应当不断地从生活中补充能量，不断地充实自己。这样，你的精神就会变得越来越丰满，吃的苦多了，就懂生活了。

活着，愿为梦想而"死"

文 / 徐伟

梦想，是来自宙斯的礼物。

——荷马

他红了，他的形象活跃在大荧幕上，很多大导演向他抛来橄榄枝。但，一些妒忌他的人刻薄地说："再红，也是死跑龙套的。"他不以为意，坚定地说："我活着，甘愿为梦想而'死'。"

他今年42岁，家住美国俄亥俄州，曾是一名IT工程师。他的爷爷是演员，受爷爷熏陶，他从小就有了当演员的愿望。但父母坚决反对，他们希望儿子能进入互联网行业，将来过上衣食无忧又体面的生活。他无奈，只好顺从了父母的意志，但明星梦一直潜伏在他心底的某个角落。

8年前的一天，9岁的儿子和同学在他家讨论关于梦想的话题。其中一个叫布兰妮的女孩说，她的梦想是将来做超市的老板，卖好多好吃的东西，自己可以随意吃最爱的榛仁巧克力。说着，布兰妮拿出几颗巧克力分发给同学，也递给他一颗。

孩子们刚想吃，布兰妮说，那是她现在经营的便利店的商品，要吃必须先付钱。他愣住了，随后，他买下了布兰妮带来的所有巧克力。毋庸置疑，他内心受到极大震撼：这么小的孩子都能为梦想而努力，自己却在梦

想的门外苟活。

第二天,他递交了辞职报告。同事听说他要去当演员,说他简直疯了。但他毫不在乎,义无反顾地离开了公司。

可是,当他去影视基地试镜,听说那么多俊男美女都没戏演时,才知道现实的残酷:自己长得不帅,身材臃肿,根本没一点竞争力。没错,整整三个月,他无人问津,就连"大帮哄"的群众演员,他都当不上。

终于,第四个月,机会来了。那是因为听星探说罢角色时,俊男美女们纷纷退去,坚定走上前去的他才有了机会。只拍了两次就过了,导演听说他没演过戏,直夸他有天赋。他说:"当我看到自己第一次扮演的死尸时,发现自己面色惨白,头发光秃,还有那下垂的眼袋几乎能让我饰演的死尸以假乱真。"是的,他的荧幕处女作是"死尸"。他发现了自己的"特长",决意做"死尸专业户"。

他建了个人网站,希望通过展现自己这一独特技艺,被星探挖掘出去。他的这一"营销方式"果然为他赢得不少演出机会,他也尽心尽力去演。

最让人们津津乐道和饱受争议的有两次演出。那次,他饰演两家饭店竞争中的牺牲品——一家派人到另一家去吃饭,当然,饭前喝了毒药,以栽赃陷害。结果,在导演叫停又叫好声中,他仍然趴在桌上,接着,救护车呼啸而至。原来,为了力求逼真,他自己准备了真的鼠药喝了下去。多亏事先安排妥当,救护车及时赶到,医生给他洗了胃,否则后果不堪设想。

还有一次,他饰演一个吊死鬼。导演刚叫停,示意把他放下来,就有个人冲上来给他做人工呼吸,好一阵他才缓过来。原来,他把上吊的绳子扣成死扣,差点将自己勒死了。而救他的人,是他请来的医生。

他为演死尸去冒险,有人说他故弄玄虚,为了炒作。他认真地说:"把死戏演活了，是对观众最大的尊重。我演死尸，体验一下真死的状态，寻找死尸的'灵魂'，这有什么错？"当然，很多人为他竖大拇指，说他敬业。更有人对他为梦想放弃体面的工作肃然起敬，纷纷在他网站上留言："你的形态死了，心活着；我的心死了，形态活着""跟你相比，我们更像死尸，没有思想，没有信仰，没有自由""做自己想做的事，活着才幸福，很多人达不到你那样的高度"……

这个甘愿为梦想而"死"的人，名字叫查克·兰布。最近，他在美国一家知名影视网站举办的赛事中，获得最受欢迎男演员奖。

（原载《才智》2014年第1期）

仔细一想，成功路上未必有那么拥挤，敢为梦想拼尽全力的人，往往很容易获得成功。可是还是有好多人，死在半路上了。

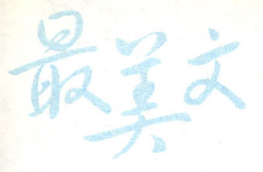

张跃：一个决绝的"地球卫士"

文/彼岸花香

> 我们违背大自然的结果是：我们破坏了自然景观的美，自然动态的美和天籁的美。
>
> ——诺曼·卡曾斯

他叫张跃，今年55岁，个子不高，头发梳得一丝不苟，常年穿白色衬衫配深色公司制服西裤。鞋子也只有两双，一双皮鞋，一双拖鞋，穿烂才会买下一双。这个穿着打扮如此简单的小老头儿，头上却有着令人咋舌的光环——《胡润中国富豪榜》坐拥11.9亿美元资产的企业家、远大科技集团创始人兼总裁、连续五年无贷款缴税超百亿保持者、中国大陆第一张直升机驾照拥有者、中国第一位首架飞机和直升机拥有人。然而，他最看重、最引以为豪的还是"地球卫士奖"。这个奖，他2011年获得，是联合国颁给环境领袖的最高奖，他是中国企业家获得此奖第一人。

从来就是环保先锋

作为"地球卫士奖"获得者，张跃堪称当之无愧，实至名归。他是个彻头彻尾的环保主义者，在他的办公室，放着两个回收垃圾桶，一个丢纸张，一个丢厨余等，贯彻着他垃圾分类的生活细节。他办公桌上，层层叠叠堆得整整齐齐的文件，十分醒目。

在当今网络盛行的时代，一个U盘容纳大千世界、百科全书，何况区区公司文件？更加令人目瞪口呆的是，张跃居然没有电脑，他从不使用！他说电脑会禁锢一个人的思考能力，阻碍人们创新。所以他规定，包括集团高层在内的管理人员，都是三人共享一台电脑。那么，要想很好完成任务，员工们就得积极开动脑筋。

不要以为张跃只是空喊口号，他是个不折不扣的"脑力劳动者"，爱动脑、爱创新是他致富的法宝。

1978年，张跃就读郴州师专。1984年，受到当时人人爱创业的社会氛围影响，他毅然辞去公职，创办了远大公司。当时，张跃创业资金仅3万，他的第一桶金，来自于和弟弟研制的全球第一台浮子式无压热水锅炉。由于技术创新，没有爆炸风险，通过转让技术兄弟俩赚到人生中第一个100万。

1992年，远大研制出中国第一台溴化锂空调。溴化锂吸水性极强，被加热后释放出水蒸气，水蒸气再凝结成水，喷洒到铜管上就能产生冷气。如此重复循环的过程，完全不需要电力，所以又称非电空调。它撑起了张跃的商业帝国，业务遍布70多个国家。此后，远大又将业务拓展至汽电共生、空气净化系统和建筑，还建了一间能从地沟油提炼出燃料油的工厂，全集团年营业额约100亿元。

环保，还是环保

短短几年，打造了这样庞大的商业帝国，可以说，张跃创造了神话。靠创新起家，靠环保发达，张跃在环保途中一路凯歌，他没有骄傲，而是一路挺进。远大城，是他打造20年的一座"理想国"，也是他理念的最佳实践园地。

远大城占地一万公里，真正用于生产经营的面积只有30%，其余是大片绿地和树林。在这片"桃花源"中，3000多名员工住着免费的宿舍、一周七天三餐不用花钱，蔬菜来自厂区内自给自足的农场，是完全不施农药的有机蔬果。整个厂区，看不见任何垃圾，连片纸屑也没有。

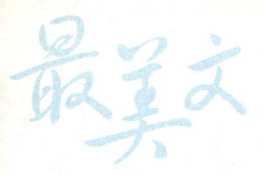

张跃不满足于已有成绩,又添新创举——他耗资90亿,正在长沙兴建的世界第一高楼,202层,被誉为"天空城市"。说到建楼初衷,要从惨绝人寰的汶川地震,导致8万多人丧生及失踪说起。当时,张跃看到地震中的楼房,因为偷工减料而倒塌,痛心不已。于是,他开始设计"不倒的房子"。但是,没有一位专家能按他的要求盖出楼来。一向不服输的张跃,只好自己研发,最后发明了能抵御地震破坏力的钢构体系。这就是张跃,坚持环保、不断创新、不断超越的张跃!

身体力行的环保倡导者

作为中国购买私家机第一人,从2004年起,张跃就开始例行环保生活。他首先舍弃自己的最爱:搭乘私人飞机。他的两架价值2亿元的喷射机,已经停在长沙黄花机场好多年。除此,早年购买的五辆法拉第豪华车和加长凯迪拉克,也绝大多数时间停在车库里,全家全部改开Smart省油小车。

对于环保,张跃明白,一个人,一个家庭,甚至一个家族的力量,是远远不够的。为了让更多的人参与进来,2013年4月,张跃在公司实施了"低碳出行"奖励制度:不开车不骑机车的远大员工,每年可获1560元;骑摩托奖励720元;使用低于两公升汽车的给360元。对于待遇优厚的员工们,奖励金额不高,但大家纷纷响应,他们明白,张总意在鼓励自己随手做环保。说白了,张跃的榜样力量,促使大家举起环保大旗,快乐前行。

(原载《语文报》2014年第8期)

环保意识,应该是我们每一个人都应有的觉悟。一个好的习惯或者行为,一个健康生活方式,都是对环保做的贡献。如果每个人都有了这种意识,地球环境还怕变不好吗?

先赚口碑，后有"金碑"

文 / 大可

> 建立人脉关系就是一个挖井的过程，付出的是一点点汗水，得到的却是源源不断的财富。
>
> ——哈维·麦凯

善良是事业之基，是财富之本。

读高中时，一次他向母亲要2000元，说班上有位姓黄的同学急需做一个手术，但家境贫困，他想资助这位同学。父母是做小生意的，母亲听了儿子的话，二话没说就给了他钱。后来，母亲偶尔和一位朋友说起这事，朋友感到十分吃惊："你真信啊，现在的孩子花花肠子特别多……"母亲听了朋友的话，没说什么，只是笑了笑。

母亲怎么能不相信自己的孩子呢？不单儿子从来没说过谎话，而且一直就这么热心肠。念初中时，班里有位同学结交了坏朋友，整天在外面惹是生非，常常受到老师的严厉批评，这位同学不想上学了。家长又是打又是骂，孩子依然我行我素，家长也想放弃。

但他认为这位同学的本质并不坏，于是对同学的父亲说："叔叔，您不能让他退学，要是这样他真的一点希望没有了。请您给我一点时间，我来劝劝他。"他找到同学，彻夜长谈，同学不单没退学，还和他成为特别要好的朋友。同学远离了原来那一帮人，正所谓近朱者赤，后来考上了理想的

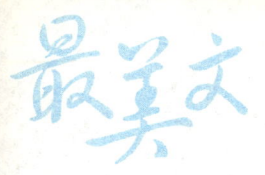

高中和大学。

儿子总是这样主动帮助人，父母当然信任他。果然，后来母亲在菜场遇见一位中年妇女，对方一见面就热泪盈眶地握住她的手说："如果不是你们家的孩子资助了2000元，我儿子的手术就做不成了，你养了一个好儿子，救了我儿子的命，也救了我们一家人。"这位中年妇女就是黄同学的母亲。

"群邪殄夷，大道显明"，众人的口碑就像一条阳光大道，载着父母欣慰和开朗的心，与儿子一道前行。

他从天津音乐学院表演系毕业后，谢绝了很多单位伸出的橄榄枝，决心到北京去进军影视圈。父母深知做一位北漂，会困难重重，但他们认真听了他的打算后，选择了支持。父亲说："我们相信你的选择，你的天地一定在影视产业方面。如果万一失败，年轻的时候经历一些失败也未必不是一件好事！"夫妇俩凑出了50万元作为启动资金，帮助儿子注册成立了北京华宇星辰影视传媒有限公司。

创业是艰辛的，他大量阅读剧本，一连看了近千部，和无数个制片人交谈，最忙的时候，一天要交谈五六人。他尤为朴实，出外时每天手里就握着一瓶矿泉水，辗转于地铁和公交车之间。"门外俗尘如海，门里道心如水"，因此，还闹了一次误会。

那天，某导演和他交谈后，发现自己的手机丢了。本来就对他心存疑虑的导演以为遇到了骗子，悄悄报了警。警察赶到后，将他叫到一边询问，很快导演却来告诉警察："不要问了。"原来导演在自己座位沙发的夹缝间发现了手机。

后来他投资的第一部电视剧《香格里拉》在央视一套黄金档开播第一天，就创下全国收视率第二的佳绩。他就是1987年1月23日出生于浙江天台的于宇昂。

《泰囧》是他投资的第一部电影，此前，《泰囧》的剧本并不被看好，曾经两度开机,却因为资金问题两度夭折。之后,著名女制片人陈祉希将剧本重新改编,由于电影市场不景气,她依然找不到投资人,于宇昂听说后表示愿意合作。

这次拍摄也是一波三折,中途有一个大公司的老板说他愿意投资,条件是让于宇昂退出,由大公司独资,这让陈祉希很为难。于宇昂知道这件事后,对她说:"当初我只是想帮你,既然现在有人投资,我退出也未尝不可。"他的话让陈导演非常感动,于是陈祉希对那家公司的老板说:"我在,于宇昂就在,否则我也退出。"于宇昂的口碑是那样好,导演对他如此看重,那位老板也相信于宇昂会给这部电影带来福音,便不再要求他退出。

真个是"莫恨香消雪减,须信道,扫迹情留"。你若是一树凌霜傲雪的梅,就一定能"良宵淡月,疏影尚风流"。

果然,《泰囧》自上映之日起,票房就一路上涨,直至冲破12亿元大关。大公司赚得盆满钵满,于宇昂也获得利润7000万元,是他投资300万元的20多倍。人们相信,在他前面等着的一定是一个又一个"金碑"。

要做事,先做人,积攒你的人品,也就是在积攒你的前途,积攒你人生的财富。

(原载《当代青年》(我赢)2013年第12期)

每个人走到最后,拼的,就是人品。一个把事做到别人心里的人,迟早是会成功的。

第五辑

华晨宇：音乐生命里的一道微光

一个人的出身是上天注定的，也许你会因此比别人多受些挫折，但一个人的命运却是上天决定不了的，因为只要你肯努力，属于你的机遇总会到来，你的命运也会因此而改变。

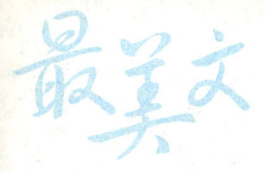

机遇总会来临

文 / 文小圣

当运气向你微笑时,赶快拥抱她。

——佚名

曾荫权出身于一个贫寒家庭,父亲是一名收入低微的警员,20世纪50年代时,曾家五子一女与父母一家8口,居住在香港荷里活警员宿舍。后来由于舅母早逝,父母不但要抚养他们6兄妹,还要抚养3个表兄弟。

穷人家的孩子早当家,由于是家中长子,曾荫权从小就非常懂事,课余之时在家里主动帮忙做一些力所能及的家务,而且很小就出去打工帮补家计。有很长一段时间,母亲要编尼龙袋赚家用,而他整个读预科的时间,要靠教夜校才能应付书本费和学费。

虽然家境不好,自己又要勤工俭学,但他从来没有放弃过对知识的渴望,从来没有放弃过对读书的热爱,从来没有放弃过对不断提高自我的要求。

预科毕业时,曾荫权被香港大学建筑系录取。看着手中的录取通知书,他是既欣喜又沮丧——欣喜的是,自己的努力终于得到了肯定的答案;沮丧的是,家境如此拮据,如何供得起自己读大学?何况自己下面还有这么多幼小的弟弟、妹妹需要抚养。

于是,曾荫权不得不将那张心爱的录取通知书压进箱底,遗憾地放弃了升学的机会,开始投身社会寻找工作。他的第一份工作是辉瑞药厂的西药推销员，后来经过努力，考取了二级行政主任职系，加入政府公务员行列。

无论是做哪一份工作，曾荫权都认真对待。他知道自己的起点低，因此做事比别人更加努力。

刚开始进入政府工作时，同事们都喜欢互相询问对方是哪所大学毕业的。问到他时，他只能尴尬地一笑："我没有读过大学。"当时多数同事都戴过"四方帽"，这令他觉得很自卑，以后很少提及自己的学历。也正因为自己的学历不高，他更加注重加强学习，工作之余，将很多时间投入到自学之中。他的自卑与遗憾，在他的不断努力下得以化解。

上天不负有心人，机遇终于来了。1980年，世界知名的美国哈佛大学首次招收香港政府高官入读一年制培训课程。曾荫权虽然没有学士学位，但由于他工作出色，上司特意推荐他报读。开始时，校方对曾荫权的入学资格表示质疑，但看过他的工作履历后，被他的努力精神和工作态度深深感动，最终决定让他入读。结果曾荫权凭借自己的刻苦努力，取得九科优的优异成绩，成为哈佛大学的公共行政硕士，也是首位毕业于哈佛大学的香港政府高官。

一个人的出身是上天注定的，也许你会因此比别人多受些挫折，但一个人的命运却是上天决定不了的，因为只要你肯努力，属于你的机遇总会到来，你的命运也会因此而改变。

（原载《语文周报》2015年第9期）

身世不是自己决定的，但是机遇要靠自己把握。一个不轻易放弃的人，总会找到属于他自己的自信和人生价值。

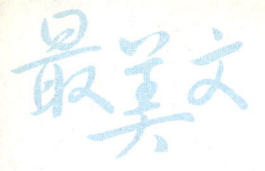

假如你有两块面包

文/还君明珠

对真理和知识的追求并为之奋斗，是人的最高品质之一。

——爱因斯坦

1950年，美国哥伦比亚大学商学院一年一度的入学考试正在紧张有序地进行着。忽然，有一道题吸引了所有考生的眼球。

这道题是这样的：假如你有两块面包，你会怎么做？

商学院教授本杰明·格雷厄姆参加了这次阅卷，同学们的答案可谓是五花八门。有的说：我会留一块作为晚餐。格雷厄姆批注道：你很节俭；有的说：我会送一块给乞丐。格雷厄姆批注道：你很善良；还有的干脆就说"统统吃掉"。格雷厄姆看了莞尔一笑，批注道：你真可爱，我的孩子。

忽然，一个学生的答案磁铁一般吸引了格雷厄姆的目光。这位学生用澄蓝的墨水很工整地写道：假如我有两块面包，我会用其中一块去换一朵水仙花。

看着这个答案，格雷厄姆的内心舒展开来，仿佛有一片蓝天白云在心中冉冉升起。他觉得有太多的话要跟这位学生说，定了定神，他在卷末写了这样几行文字：世人都知道面包的好，却不知道一朵水仙花的妙。一朵风中摇曳的水仙，能让疲惫的心灵舒展；能让忙碌的脚步从容；能让空洞的目光领略到美的震颤……我可爱的孩子，你小小年纪已经领略到人生的真谛，不为物质所累，堪成大器。

格雷厄姆牢牢地记住了这位学生的名字——沃伦·巴菲特。这一年，沃伦·巴菲特刚好二十岁。

本杰明·格雷厄姆是全美最著名的投资学理论专家，在格雷厄姆门下，巴菲特如鱼得水。格雷厄姆反对投机，主张通过分析企业的赢利情况、资产情况及未来前景等因素来评价股票。他传授给巴菲特丰富的知识和诀窍，两人在紧张的学习之余，建立起深厚的情谊。

1957年，巴菲特同几个合伙人筹集了30万美元的资金，正式跨入股市，他稳健的投资学理念立即得到了最大程度地发挥。30万元的资金滚雪球般越滚越大，到2005年，沃伦巴菲特的个人资产已达440亿美元，名列世界第二，仅次于世界首富比尔·盖茨。

2006年6月25日，巴菲特宣布，他将捐出总价达300多亿美元的私人财富，投向慈善事业，这笔巨额善款将分别进入比尔·盖茨创立的慈善基金会以及巴菲特家族的基金会。巴菲特捐出的300多亿美元是美国迄今为止出现的最大一笔私人慈善捐赠，这也为巴菲特在全球范围内赢得了崇高的声誉。巴菲特用自己的行动践行了自己的诺言：假如我有两块面包，我会用一块去换一朵水仙花。

2008年，巴菲特的个人资产达到了620亿美元，一举超越比尔·盖茨，成为新的世界首富。

眼中有"水仙"摇曳的人，才能真正成为金钱的主人；而眼里只盯着"面包"的人，则多半心念物质而心灵疲惫。

在这个物欲滚滚的碌碌红尘，愿我们每个人心中都鲜活着一朵摇曳生芳的水仙。

（原载《青年文摘》（彩版）2011年第2期）

> 两块面包，一块用来补充身体的能量，另一块用来换一座精神的乐园，让精神充实饱满。不要只为活着而活着，这就是这篇文章要告诉我们的道理。

华晨宇：音乐生命里的一道微光

文 / 王举芳

走自己的路，让别人说去吧！

——但丁

舞台中央的他，一副黑框眼镜，一张娃娃脸，一袭白衣，干净利落。音乐响起，他手握话筒，深情演唱："在那遥远的地方，有位好姑娘……"

开始时歌声低稳、平缓，在人们都陶醉的时候，忽然转为高亢、空灵，仿佛天外来声，打破了人们习以为常的老歌模式，让人耳目一新。这是2014年的央视春晚，他第一次登上春晚的舞台献唱，他的名字叫华晨宇。

华晨宇1990年2月7日生于湖北十堰，自小性格内向，喜欢安静，小学五年级之前独爱长笛，富有音乐才华的他谱写过不少曲子。后来他想学习钢琴，父亲非常支持他，在父亲的鼓励和自己的坚定决心下，他的钢琴很快就达到了十级，也开始在音乐中逐渐找到自己。

中学时期，为了学习更多音乐知识，华晨宇一个人到武汉上高中。他依然是个腼腆害羞的少年，寡言少语，也不和同学交往，陪伴他的只有他钟爱的音乐。有时他会待在房间练歌写歌一整天都不出来，也不和别人说话，没有什么朋友。在别人眼里，他那么孤傲，那么格格不入，就是一个痴迷音乐的"疯子"。但他不管别人怎样看自己，他只想有一天能实现自己的音乐梦想。每天除了在学校学习文化课，还去音乐老师那里学习两个小时，放学后直接回家练习。租住的房间里，除了床、桌椅和钢琴，就是一箱方便面和矿泉水。

尽管如此努力，第一次高考他还是失利了。华晨宇坚定地告诉父亲，自己要复读，一定要考上武汉音乐学院。复读的一年，华晨宇更加努力，最后他如愿以偿考上了武汉音乐学院。置身音乐的乐园，他像一只鱼儿游弋在音乐的海洋，一改往日沉默的个性，积极参加音乐学院里的各种活动，并和同学组建了"康熙乐队"，只有在音乐的世界里他才是自由的。

离开了音乐，他依旧是孤独的，冷冰冰的，不和人交往，而且上课经常迟到。代课老师姜胜楠记住了这个孤僻的大男孩华晨宇，因为没人敢在她的课迟到。因此，她起初对他的印象并不好。

一次，姜胜楠偶然从琴房大楼经过，听到一个男孩在唱歌。唱的是《Creep》，歌声让她非常惊讶，"怎么会有人能唱出这样的歌呢？"姜胜楠悄悄看，原来是华晨宇在唱歌。出于老师的"自尊"，姜胜楠静静听完后默默地离开了，但心里对华晨宇的印象悄悄有了改变。她觉得华晨宇不是孤僻，只是有些孤独罢了，她想把他带出他自己的那个世界，教他如何与人交往，可是怎样才能让他愿意和人交往呢？

一天晚自习，华晨宇没有老老实实呆在教室里，而是自己去了操场，找个地方坐了下来，姜胜楠也跟了过去，在他身边坐下。华晨宇不说话，望着阴沉沉的天幕发呆。天上一层阴云，遮蔽了星星的闪亮，他说："看，多么茫然的天幕。"

"不，你看，有一道微光透过了云层，那是星星执着的眼眸。它的光是那么微弱，但它却那么勇敢。"姜胜楠说。

"愿我是那一道微光，为自己照亮一片天空。"

"可一个人的光太微弱了，大家组合在一起，才会有璀璨的星空，不是吗？"姜胜楠知道华晨宇是聪明的，他应该明白她的良言苦心。

华晨宇没再说话，站起身，向教室走去。此后，他变得能和别人交谈，性格也逐渐变得开朗。

2013年5月，华晨宇在同学的推荐下参加了湖南卫视《快乐男声》比赛。

《快乐男声》长沙唱区十强赛现场，华晨宇凭借原创的《无字歌》全票晋级长沙唱区十强，也因此被称为"火星弟弟"。比赛中，华晨宇风格多变，渐渐引起关注，更得到了评委的一致肯定。

在快男主题"离家的孩子"的八进七比赛中，节目组安排选手父母到场，而唯独华晨宇的父母没有到场。看着别的选手一家人合乐美满，面对网友们的猜测、流言，他又一次感到茫然无措，但他很快调整了心态，对自己说："我是一道微光，一定会为自己照亮一片天空的。"他不再在乎那些外界的纷扰，全心全意投入到自己的歌唱中。

从最初的原唱《无字歌》，到经典之作《我》，华晨宇的音乐始终带着一股浓浓的个人风格，让不少人给他打上"怪咖"的印记。他的所有音乐作品都带着鲜明的个人特色，常常带出人们掩藏在内心最深处的感情。姜胜楠说："我觉得他的音乐是从灵魂出来的，这是他与生俱来的天赋，他就是为音乐而生的人。"

2013年9月27日，华晨宇以1606的总分荣获2013快乐男声全国总冠军。首支个人单曲《我和我》曝光，并收录于2013快男合辑《追梦敢不敢》。

他似一道微光，为自己照亮了一片天空。

在荣获第六届音乐风云榜新人盛典最受欢迎男歌手奖之后，2014年1月30日，华晨宇登上马年央视春晚并献唱《在那遥远的地方》。

2014年9月，华晨宇个人首张专辑《卡西莫多的礼物》在 iTunes 全球上架，实体专辑内地版及海外版同步发行。华晨宇全程参与整张唱片制作过程，并自己创作三首作品，分别是《*Why Nobody Fights*》《卡西莫多的礼物》和《*Let You Go*》。专辑首首歌曲精品，旋律好听，制作十足用心。华晨宇以"卡西"的角色来诠释整个故事，卡西是一个雨果星人，想要在地球上活下去，必须全力以赴，也许就是生活中他这样的经历，让他在这部短片中找到了共鸣，才使得这部短片有了新的生命力和感动。

这张专辑曲风多样，没有常见的爱情亲情题材，全部以第一人称"我"来叙述，讲述"我"对于自己、对于世界的感受，加上制作团队的用心和诚意，专辑海外版发行后在台湾五大唱片榜蝉联冠军。由此，华晨宇登上意大利杂志《L'Uomo Vogue》2014年10月刊"THE MUSIC ISSUE"专题。

"华晨宇是天生会用音乐表达情绪的歌手，他在舞台上不羁癫狂，眼神犀利坚定，忘我投入。强烈的肢体语言，声情并茂的演唱方式，令他成为舞台上的发光体。他的声音表现力极富张力，整个身体的语言与唱歌的力量都配合得天衣无缝，大声小声的力度也有它的层次感。"林夕这样评价他。

"华晨宇能驾驭不同的演唱风格，即使同一首歌，每次演唱也能给大家带来不一样的感觉。"这是网易娱乐对他的评价。

"他从不为自己设限，尝试一切喜欢的事物，反感大多数'约定俗成'的媚俗和矫情，不在乎旁人的评价，随性而又自由。"南都娱乐这样评价。

华晨宇，一个在音乐上心无旁骛的创作天才和歌者，在舞台上肆意发声，酣畅淋漓，有些不羁癫狂，却让所有人为之热血沸腾并充满感动。他用孤独的方式，在自我的世界中尽情地宣泄，他的音乐让所有人惊叹，这些都是因为他付出了异于常人的努力和有着巨大的勇气。

华晨宇，音乐生命里的一道微光，却带给世界灿烂光芒。

（原载《新青年》2015年第2期）

> 我在想，一个人成功需要些什么？是执着，敢于尝试，大胆等等这些好的品质吧。但我始终觉得最重要的莫过于是对一件事情的热爱。

给缺点化妆

文 / 红川

故立志者，为学之心也；为学者，立志之事也。

——王阳明

据《剧说》记载，清朝初年，苏州城中各路戏班云集，足有千个之多。其中最有名气的是"寒香""凝碧"等几个戏班。一次，有人请"寒香"戏班演堂会戏，演出那天，戏班里那位演"花面"的演员突然生病，卧床不起。班主急忙联系其他戏班里演"花面"的人，热切希望有人能来顶替，可是不巧的是，别的戏班恰好都在演出，而且演"花面"角色的演员没有一个能抽身。

班主听到这个消息，心急如焚，叫苦连天。束手无策之时，有人告诉班主说："我们家来了个乡下亲戚，名叫陈明智，他是演'花面'角色的，但他在的是乡下的戏班子，水平一定很低，您看他行吗？"班主一听，似找到了救星般，来不及多想，连说："他在哪里？快请！"

不一会儿，陈明智被带来了。他个子十分矮小，衣衫破旧，而且说话时，口齿含混不清。问他所在的是何处戏班，他答是乡下那种临时组建的草台班子。众人看着他，都暗暗摇头，这样的人怎么能演"花面"呢？因为扮演"花面"角色的演员，要求身材高大，声音洪亮，而陈明智，没有一样符合。

这时，大厅里灯火辉煌，客人已经陆续入座。主人请首席贵客点戏，客人点的是《千金记》。班主一听，不由愁锁眉尖，因为《千金记》的主要人物楚霸王项羽，正好是由"花面"角色扮演，而且这一人物的喑呜叱咤、跳跃腾掷的表演，难度甚高，即便是著名演员也难以演好，更何况一个名不见经传的陈明智呢？

班主望着陈明智，眼神里充满了犹疑。陈明智却一副十分自信的样子，朝着班主点了点头。他打开随身携带来的包袱，拿出一个包着棉絮的帛抱肚，绑在肚腹上，身子一下子便大了几围，再拿出一双靴子，底厚两三寸，穿在脚上，个子顿时高了很多。然后握笔对镜，涂墨抹粉，脸部立时显得开阔了许多。打扮完毕，顿时判若两人，众人不由得惊呆了。

《千金记》的第一出戏是"起霸"，说的是项羽带领八千弟子渡江的故事。陈明智披挂登场，威风凛凛，腾挪跳跃犹如龙腾虎跃，迅疾有力。唱腔一出，声出鼓乐之上，似乎要把屋梁上的尘土都要震下来了。座中宾客一个个屏气凝神，静观寂听。这一出戏唱罢，掌声伴着喝彩声，轰然如雷。

陈明智巧妙地给自己的缺点"化妆"，一鸣惊人，从此成了名角。

给缺点"化妆"并不是说有意地去粉饰自己的缺点，而是为了更好地把事情做好，就如陈明智一样，如果他没有扎实的基本功，就算再怎么"化妆"，也是于事无补的。

（原载《语文报》2013 年第 33 期）

我们可以适时地包装缺点，使其更美或者怎样，但是一个人的成功，还是需要一步步打下坚实的基础，如此就不怕缺点把自己干扰了。

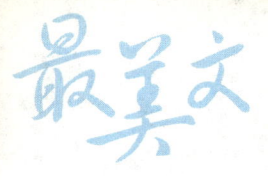

面对痛苦，优雅转身

文 / 芳心

令你忍受痛苦的事情，可能会令你有甜蜜的回忆。

—— 福莱

她穿白底黑花风衣，清瘦的面容，目光清澈，像一道亮丽的风景。有谁看得出她心中那深深的痛苦呢？

四十多年前的一个风雪黄昏，她出生在黑龙江畔人烟稀少的漠河——一个被称为北极村的中国最北端的村落。

父亲是镇上的小学校长，好诗文，尤其喜欢曹植的《洛神赋》，曹植名子建，因此，他给女儿取名"迟子建"，希冀她将来能有曹植那样的旷世文采。

漠河是著名的"高寒禁区"，地下是永久冻土层，一年四季，有半年多都是冬季。漫长的寒夜里，村民们围在火炉旁，几盘下酒菜，几瓶二锅头下肚，便胡吹神侃起来。年幼的她最害怕大人们讲那些张牙舞爪的鬼故事，吓得她头皮发麻，心惊胆战，直往母亲怀里钻。

高中毕业，她考上了大兴安岭师范学校，这是个没有围墙的山城学校，山林幽碧、草滩如毯、天空澄澈，她像只快乐的鱼儿，畅游书海，广泛涉猎。她喜欢鲁迅、川端康成、屠格涅夫……她梦想着自己能如父亲期盼的那样，有卓越的文采，成为一名了不起的作家。

师范尚未毕业，她开始学写小说，写完后耐心细致地眷写在稿纸上，兴致勃勃地徒步进城，去邮局将稿子也将满心的期望寄出，然后望眼欲穿地等待。然而，她寄给南京《青春》的稿子如石沉大海，一朵浪花都没有激起，她有些迷茫了，她一遍遍地问自己：自己会不会让父亲失望？自己的梦想能不能实现呢？

她又开始构思一篇小说，宿舍是几个人同住，怕影响别人，她点燃蜡烛，连夜趴在蚊帐里赶写。晨光熹微，蜡烛冒出的烟气把白蚊帐都熏成了黑色，她的两个鼻孔也被熏黑了，像"矿井"一样。

功夫不负有心人，这篇小说被《北方文学》编辑欣赏，大为鼓励，她的处女作终于发表。此刻她的心，犹如在寒天雪地遇到了一朵花，满心荡漾着春天的暖意。

从此，她开始断断续续地用文字记载记忆深处的童年生活，20岁那年，中篇小说《涨极村童话》整理完成，小说定于发表在1986年第2期的《人民文学》上，不料在这时，不幸猝然而至。

1985年底的寒冬，五十多岁的父亲突患脑溢血，一病不起，他最大的愿望是想看看女儿发表在《人民文学》上的小说，但当时尚未发表，父亲终是憾别尘世。拿着那期姗姗来迟的《人民文学》，她悲情难抑，元宵节买了一盏六角玻璃灯，送到父亲的墓地……

父亲去世后，她的生活变得黯然失色，《沉睡的大囤其囤》《北国一片苍茫》《葫芦街头唱晚》等早期作品，无一不是她在长大成人之后，对于困惑、苦闷的生活所引发的一点思索，她说："我的手是粗糙而荒凉的，我的文字也是粗糙荒凉的。"

她不属于对生活要求很高的女人，而她的爱情却迟迟不来。34岁那年，她那荒凉的心终于触摸到了温度，爱情飘然而来，缘分到了，结婚便

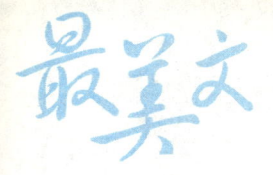

是必然。

婚后虽然分居两地（她在哈尔滨搞创作，爱人在塔河任县委书记），但他们感情一直很好。爱人的体贴，婚姻的幸福，让她觉得自己是最幸福的女人。而一场意外车祸，夺去了丈夫的生命，也粉碎了她所有的幸福，她陷入巨大的悲痛中，不能自拔。

那段日子里，她常会不由自主拨打丈夫的手机，一遍又一遍，电话里一遍遍传出的，总是冷冰冰的提示音："对不起，您拨打的用户已关机。"她悲痛欲绝，直到有一天听筒传出的声音，变成"您拨叫的号码是空号"，她终于意识到，丈夫永远不会回来了，过去的一切已无法挽回。

她告诉自己必须直面这种突变和打击，勇敢地活下去。她希望能够重新拿起笔来写作，以减轻自己的痛苦，然而只写了一行，便潸然泪下。那支笔是爱人送她的结婚礼物，而今笔犹在，人已去，情何以堪？

那段时间她静静地躲在无人的角落里，躲在无人问津的地方，悄悄地进行着小说的创作。她不希望得到别人的安慰，因为不管别人处于多么的发自内心的同情和慰藉，都会让她想起曾经的伤痛。

那一天，她想起了外婆家那个生机勃勃的菜园，由于无霜期太短，一场猝不及防的秋霜扫荡过来，所有充满生机的植物一夜凋敝，曾令年幼的她痛心和震撼。此时的她却有了另一番感悟："从早衰的植物身上，我看到了生命的脆弱，也从另一个侧面，看到了生命的淡定和从容。许多衰亡的植物，翌年春风吹又生，又恢复了勃勃生机。"

她开始接受并面对残酷的现实，沉浸在小说的世界里，借助一个个主人公，借助大自然的生命奇迹，淡出自己的伤痛。

"我想在脸上涂上厚厚的泥巴，不让人看到我的哀伤。"这是她写在《世界上所有的夜晚》的开头。她怜惜女主人公邂逅的每一个角色，她说："和他们的痛苦比，我的痛苦是浅的。"

面对痛苦，优雅转身。她用一支冷静的笔刻画悲剧，将内心深处最黑暗最悲痛的感情像抽丝剥茧般一点点抽离，笔墨间飘散出平和，让人找到生存的根基。

（原载《语文周报》2014 年第 33 期）

每一次痛苦的来临，都是考验自己的时刻，度过去你就成就了自己。我们都应当有这样的优雅，面对痛苦从容应对的优雅！

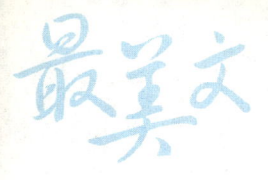

生命的承诺

文 / 雪原

诚者，天之道也；思诚者，人之道也。

——孟子

上世纪50年代初，他出生在台湾高雄一个极其贫穷的农民家庭。在他之前，父母已拥有11个孩子，然而他的出生却被邻里乡亲视为奇观，因为他是笑着来到人世的。因此，取名字时，父亲想叫他"林清奇"。

去报户口的那天，接待父亲的工作人员恰巧在看武侠小说，书中有一个武功高人叫"清玄道长"，于是建议给小孩起名"清玄"，父亲想了想，采纳了工作人员的意见。

8岁那年，他对父母说自己很喜欢写作，将来长大了要当一名作家。父母不知道写作为何事，更不知道"作家"是干什么的。他说作家就是写写东西就可以收稿费，面对"异想天开"的儿子，父亲给了他两巴掌，怒斥他说："哪有这么好的事？"

父母的不支持和不理解让他小小的心房平添了很多忧伤，他只好把梦想埋在心底，疯狂读书。小学五年级之前，中国大部分重要的古典名著他都读过，有的甚至读了好几遍。他喜欢苏东坡和纪伯伦的作品，因为苏东坡无论怎么漂泊，经受怎样的苦难，他都能写出很美的诗。而纪伯伦的散文短而精，他渴望自己像纪伯伦那样，写出简短但能感动人心、使人得到启发的文章。

一直坚持写，却一直没有收获，这让他彷徨和迷惘。

那一天，他一个人沿着弯弯曲曲的乡间小陌行走，走到一处农屋前，有一位老人正在那里栽花。他走过去看，老人把花儿一棵一棵栽进提前挖好的土坑里。最后，只剩下一株看上去很柔弱的花，细细的梗儿上只有两片蔫了的叶子，看上去一点生气都没有。老人仍然像对待其它花那样，认真仔细地把弱小的花儿栽植好，认真仔细地培土、浇水。

他想：这花这么柔弱，栽植它简直是白费工夫。

老人看出了他的疑问，说："再弱小的花儿，只要给予它阳光雨露，它也能开出漂亮的花儿。"他没说话，只笑了笑。

接下来的几天，他天天去看那些花儿，去看看那株柔弱的花儿能不能经得住风雨的考验。正像他所预料的那样，那株柔弱的花儿仅有的两片叶子落掉了，枝条上端也出现了萎蔫。

可是那个老人，依然给它浇水、松土，照顾得非常仔细。

他终于忍不住了，对老人说："这花不会再活了，您何必这么费心栽培它呢？"

老人用慈祥的目光看着那株弱小的花儿，无比庄重严肃地说："我用生命保证，这株花一定会活过来，并像其它花一样开出毫不逊色的花朵。"老人的话，深深地触动了他，第一次，他听到了关于生命的承诺。

他也给了自己一份生命的承诺："我用生命保证，我一定会成为一名作家！"

接下来的日子，他坚定着自己的梦想，每天坚持写 3000—4000 字。

每一个成功者都经历过艰难，在走上文学道路的初步阶段，他的生活是窘迫的。为了生活，他甚至在屠宰场找了一份杀猪的工作。

猪场里污水横流、臭气熏天，苍蝇到处乱飞，处处流淌着腥臭的血水。这样的环境，和自己的梦想差了十万八千里。他望着湛蓝的天空，暗

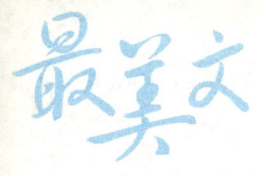

自叹息。

他想起了那株柔弱的花,那个栽花的老人,老人的话在心头萦绕:"我用生命保证……"他在心底默念自己的承诺:"我用生命保证,我一定会成为一名作家!"随即一股无形的力量充满胸膛。

每天下班后,回到自己租的小房子里,已是暮色降临。洗完手,吃过简单的晚餐,铺开稿纸,开始写作。生活的压力他不再逃避,因为生命的承诺,让他没有理由不完成自己的梦想。

他用坚强的心创造一种温柔,在身处恶劣环境时保有一种浪漫。就这样,白天是生活,晚上是精神,为了梦想,他咬牙坚持。

多年以后,他成了著名作家、散文家、诗人、学者,是台湾作家中最高产的一位,也是获得各类文学奖最多的一位,被誉为"当代散文八大家"之一。

人生际遇,难免坎坷黯淡,给生命一份承诺,心灵就有了战胜困苦和衰弱的勇气。生命的承诺,如沧海的皱褶里朵朵永不凋零的花,温暖馨香,千古不变。让心灵轻盈明朗,让梦想四季脉动,也让生命显示出它的伟大与光彩。

(原载《情感读本》(意志篇)2014年第11期)

承诺给了生命坚持的理由,也给了生命重新奋斗的力量。给予一个承诺,其实就是给了一份希望。

刘和平:让自己成为一束光

文 / 麦淇琳

耐心和持久胜过激烈和狂热。

——拉·封丹

  2014年,一部制作阵容惊人的大戏《北平无战事》横空出世,首轮刚刚播完大结局,就被媒体誉为年度电视剧,更成为近几年罕见的"现象级电视剧"——从历史到现实,从人物到制作,从台词到扮相的方方面面,都引种种热议。而《北平无战事》的成功,最重要的是它的背后站着一个金牌编剧——刘和平。

  刘和平生长在湖南衡阳,他自幼便辍学和父母一起被下放到农村。那时候,他的父亲每天天不亮就要起床,穿好衣服去鱼虾市场找小商贩们拿新鲜鱼虾。市场很大,父亲戴着斗笠,挑着担子,担上挑着两只木桶,年幼的他就这么被父亲牵着手,在弥漫着臭鱼烂虾气味的市场从东头走到西头。

  父亲在一个卖鱼虾的商贩前停下来,正在忙活的商贩把一桶小鱼小虾过秤给父亲,而他就会站在摊贩边观看整个市场的热闹以及小商小贩们的人间百态,不觉得地上的湿滑,也不为市场充斥的腥味而厌烦。

  在农村没有学上,父亲却要求他坚持读书,在父亲的心中只有读书当官才是光耀门楣的大事。父亲跟别人借来课本,一个字一个字教他,而年

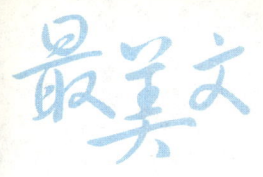

幼的他也只能用读书写字来打发寂寞单调的日子。后来，父亲的好友举家迁往别的城市，临行前将家中一箱书籍送给他。那是一箱历史书，这是他没有机会看到的书，他如获至宝。每当夜晚来临，他总是借着昏暗的灯光翻看那些书，他就像一只春蚕，饥渴地吸收知识，而又吐出富有光泽的蚕丝。小小年纪，他就写了一部描绘乡村集市的样板戏搬上乡村的舞台。

在经年的摸爬滚打中，他进过文工团，演过样板戏，也曾为圆父亲的心愿而投身官场。几年后，他创作出了《雍正王朝》《大明王朝1566》《沧海百年》《李卫当官1》等几部闻名遐迩的精品。

他写帝王将相，千古江山。正是与写作匹配的寒门经历，以及对历史的敬畏，塑造了他更加成熟的历史观。他的中国历史题材电视剧的创作产生了巨大的影响，热播海内外，引起业内的广泛好评，令他一举跃入著名编剧的行列。

随之而来的荣誉、掌声与媒体报导却令他仿佛身处雾霾的空气中，他的人生失去了方向感。一次，他与朋友一起参观摄影展，在展会上看见一系列名为《侘寂》的照片。照片上有古朴的旧陶器、麻布质地的围巾、粗糙简单的木门，脉络分明的枯叶。一幅幅照片营造出简素静谧，而又令人感受到宁静的力量。

朋友说，侘就是贫困、寂寞、幼拙、素雅、自然的意思，在简洁安静中融入质朴的美，而寂就是时间的光泽。朋友的话以及照片的宁静给了他暗示，很多人以为人生的幸福是不断去拥有物质、名誉、财富和地位，反复奔跑追逐。而人生真正的幸福感却是在适当的时候摘掉所有的光环，在寂静的时光里让自己成为一束安静的光芒。

他来到庐山过滤心情，平复心境。原来追求越多，失去越多。真正搞文化建设的人，要把自己放在一个低姿态的位置，隐秘而伟大才能创作出更好的经典作品。从庐山回来后，他过着离群避世的生活，用7年时间精雕细琢一部电视剧作品《北平无战事》，这对很多编剧来说是不可想象的，但刘和平耐住了寂寞,在时间的光泽里创作出了这部不可复制的经典。

《北平无战事》获得如潮的好评,有记者问他:"费7年之功打造一部作品值不值得?"刘和平说:"文化的遗传就是作品,我只要50年后还有人看我的作品,我就多活了50年,这么美好的事,有什么不值得?"

是的,世间最长久的美好,就是拥有侘寂的力量,在朴实无华的修行中抵达寂静智慧的心灵彼岸。刘和平在时光的静美中让自己成为一束光,沉默不语地沉潜在简单朴实的岁月里,温暖自己也照亮别人。

(原载《新青年》2015年第1期)

生命跟作品一样,都需要静静打磨。在简单的生活里,耐心的蛰伏和努力,认真对待自己,方能对得起自己的付出。

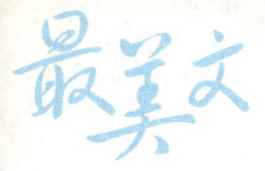

劳丽诗：在心里养一朵菩提花

文/陈小蓝

当你的希望一个个落空，你也要坚定，要沉着！

—— 朗费罗

2014年9月19日，阿里集团在纽交所上市，她以阿里集团上市敲钟人的身份出现在媒体面前，当媒体追问她是如何看待自己从奥运冠军到淘宝店主再到阿里上市敲钟人的华美蜕变的时候，她从容地回答说："这些得益于我在低谷期的磨砺和沉淀。"

她出生在广东湛江一个普通的家庭里。5岁时，她的哥哥在业余体校学跳水，母亲则每天带着她接送哥哥去体校训练。她被跳水训练的弹网吸引住了，趁大家在跳台训练时，她一个人溜上了网。

她的大胆和良好的协调性令教练认定她是个跳水的好苗子，在教练的动员下，她加入了业余体校正式学跳水。由于训练的艰苦，她生了一场大病，病好之后她却打了退堂鼓。在母亲的劝导下她坚持下来了，这一坚持就是4年，也正是这4年光阴磨砺了她的意志和斗志。

9岁那年，她参加湛江市运动会，比赛当天她发了高烧，母亲劝她退出比赛，可是一想到每一次的比赛机会都是来之不易的，她还是顶住身体的不适坚持参加比赛。这一次的坚持，令她拿到跳水运动的第一个冠军。随后凭着坚强的意志和不服输的劲头，她从市队跳到省队、国家队，在人才济济的中国跳水界崭露头角。

接着，她夺得国际泳联跳水大奖赛西班牙站女子10米跳台单人冠军，加拿大站10米跳台冠军，美国站10米跳台双人冠军，全国跳水锦标赛女子10米跳台亚军，世界杯跳水赛女子10米跳台单人、双人冠军……那时的她可谓所向披靡，她一路向着奥运会的目标前进着。

正当她意气风发向奥运冲刺时，她的状态却一路下滑。她的身体频繁出现伤病，在一系列的世界大赛相继失手，她内心失落、绝望、消沉。当领队告诉她：你缺的并不是实力，只要你做回自己时。她才恍然大悟，加强了大量的训练，终于恢复了自信。这一年，她站到了奥运会的跳台上，并获得了10米双人跳台金牌。

然而，所有的辉煌却在17岁这年戛然而止。她的身体状况越来越差，她想过退役，可是跳水运动曾是她的梦想，她不知道自己还能不能清晰地前往渴盼的所在，自己渴盼的又是什么呢？当有人问她会什么，她可以回答"会跳水"，那么十年后呢，她还能理直气壮地回答吗？她的内心仿佛燃着焦热之油，烈火一点，瞬间就能燃尽。

夏末初秋，空气有清凉的味道。她经过一座寺庙，一株巨大的粉红色的菩提花绽放在眼前，夕阳斜落在菩提花挺拔的苞叶和花瓣上，四周泛起金黄的光芒。一个中年女人经过菩提树下，惊异道："往年这花树只能开10个花球，今年竟然开出了30多个花球，世事真是有多种可能啊。"

中年女人的话令她陷入了沉思，她一直以为梦想只能有一个，原来，只要有一颗向往的心，菩提花便会迸发出热情，绽放出令人意想不到的光芒。那么，梦想也能如菩提花开一般，拥有多变的光芒。这一刻，她的心顿时澄清如水。

她及时调整了自己的心态，选择了退役，并回中山大学继续本科学业。2011年，她进入广东省青年志愿者行动指导中心任主任科员职务，从此踏上一个全新的公益领域。稳定的工作却带给她思考，她不喜欢过着一

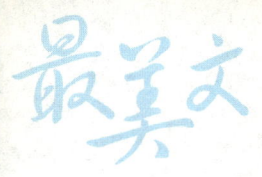

成不变的生活，这时，她提出辞职，成了一个没有组织的人。亲戚朋友对她的行为感到不解和惋惜，她却告诉自己静下来，听从心的指引，待沉淀之后去改变以后的人生。抛开荣誉的光环，踏踏实实做事，无所畏惧迎接风雨和未来的人生。

她坚决告别了以前的光辉岁月开起了淘宝店，她挑选了自己一直钟爱的木雕和手串饰品项目，成为职业淘宝店主。她专注于店面装修、进货验收、找模特拍摄货品等细节，经过几个月的努力，她的淘宝小店慢慢走向了正轨，她就是前跳水奥运冠军劳丽诗。

2014年9月19号，阿里集团主要创始人马云邀请8名普通客户敲响开市钟，劳丽诗就是其中一个敲钟人，当记者问她为何会选择辞职开淘宝店时，她笑着说："真正的成功不是财富和地位，而是为了追求梦想放下身段，当我们感到迷惘时，在心灵养一朵菩提花，积蓄养分，静静等待一朵属于自己的菩提花开。"

（原载《新青年》2014年第12期）

面对梦想，我们真的需要去放下身段，去尽力呵护这份自己内心深处的念想。

第六辑

刘醒龙：冰凌花的零度绽放

他的人生有过风雨有过泥泞，在经历人生低谷时，他总是执着、谦逊地携一蓑风雨行走于他的艺术世界中，淡定、从容地等待冰凌花的零度绽放。

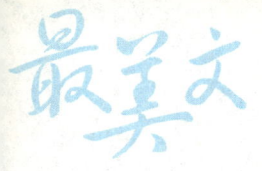

郭京飞：修炼更美好的自己，等风来

文 / 筱梅

宝剑锋从磨砺出，梅花香自苦寒来。

——佚名

看一档访谈节目，他半敞着格子衬衣，穿着半旧的牛仔裤，全身透着一股率性不羁的劲儿。聊天逗趣时眼眸中闪着孩子般的光彩，谈及哲学时又俨然是个沉静深邃的思想者……他就是话剧、影视演员郭京飞。

郭京飞出生在北京一个飞行员之家。从小，他的父亲就给他讲很多飞行中的故事，希望他以后可以像自己一样做一个翱翔蓝天的飞行员。

有一回妈妈带他去海豚馆，一只小海豚不时将头探出水面，眨巴着清澈水灵的大眼睛瞅着他，然后忽地在空中划过一条优美的弧线钻入水里，仿佛在和他玩耍。他从此迷上了小海豚，常常拉着妈妈带他去海豚馆玩，他的父母也没想到，海豚馆竟成了他梦想的开始。

上幼儿园时，面对那些想当科学家、航海家的小朋友们，郭京飞却用嘹亮清脆的嗓音坚定地回答："我的理想是当演员或者动物饲养员。"他的回答让小朋友们哄堂大笑，也让父母感到小小的失望。

然而，小时候的梦想并没有因为时间而改变，高中毕业那年，他不顾父母的反对独自一人背着行囊前往梦想之路，他考上了谢晋恒通明星艺术学校。经过一年的学习，他了解自己对演艺的热爱，决心去上海继续深造学习。

可是,一个18岁独闯上海滩的北京少年,面对那些冷冰冰的街道以及和北方完全不同的沟通方式,感到压抑极了。他像一只无头苍蝇,找不到通往梦想的路。转眼来到上海已经一个月,身上的钱所剩无几,好强的个性使他不肯向家里低头。他硬着头皮扛日子,常常两三天吃不上一顿饭。

这天,他饿得实在受不了了,花一块八毛钱买了三个包子,看着连外来民工都当零食吃的包子,他坐在公园的花坛边痛哭起来。已经是冬天,花坛里的花朵也应景般凋谢枯萎,他的心情无比失落,仿佛连花朵都预示了自己的渺茫前途。恍惚中,他看到一个驼背老人在花坛边的水泥地板上用水写着几个大字:宁静致远。

他深感好奇,走上前,与老人闲聊起来。他向老人诉说着自己的苦闷、孤单和无助,说到伤情处眼角竟渗出了泪水。当他诉说完毕正想离开时,老人对他说:"四季轮回,花开花落本是自然之势,春天的生机挡也挡不住,冬天的凋谢之势也无法改变。花朵盛开时积极美好,凋谢时仍会渗入春泥更护花。不要苛求自己,你要做的只是在前行的道路上如一朵凋零的花,不断修炼更美好的自己,等风来。"

他瞬间理解了,冬天凋谢的花朵只是在积蓄力量等待下一轮的绽放,在宁静里,每一个夹缝里卑微顽强的生命终会散发耀眼的光芒,只要,等风来。

他终于等到了一个机会,这一年,他考进了上海戏剧学院。大四那年,他喜欢上了哲学,常与同道们一起畅谈人生与哲理。对哲学的喜爱令他更冷静思考、理性思辨,也令他更深刻理解剧情和人物的性格。

毕业后,他进了上海话剧艺术中心,成了一名专业演员。幸运的是他从没有跑过龙套,当的全是男主角。短短几年时间,郭京飞先后主演的大戏就有十几部之多,演技、经验和人气迅速飙升。

一个为理想矢志不渝的亚瑟,为他捧回了佐临话剧最佳新人奖;一部

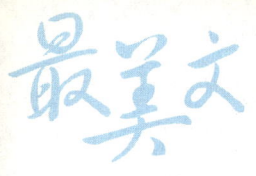

深情幽默的话剧版《武林外传》，又将他送上了佐临最佳男主角的位置；一个集帅气、痞气于一身的韦小宝，使他得到了年轻戏迷们的狂热追捧。

之后凭借在话剧《罗密欧与祝英台》中的出色表演，郭京飞在连续两度获得提名之后终于赢得上海白玉兰戏剧表演艺术奖主角奖。

当记者采访时问他：每次提名都是一步之遥，每次都是擦肩而过，你有没有因此而感到惋惜？郭京飞平静地说："每一次提名，对于我都是一次极大的肯定。每一次的失之交臂，却给我鞭策，让我静下心来，修炼更美好的自己，等风来。"

（原载《语文报》2014年第9期）

努力了很久，成功依然迟迟不来。你是否已经焦躁不安，再无力气坚持下去？有时候我们做的，其实不过就是坚持一下，在困境中静静蛰伏，不断积蓄自己的力量，等风来。

刘醒龙：冰凌花的零度绽放

文 / 筱麦

> 聪明的资质、内在的干劲儿、勤奋的工作态度和坚韧不拔的精神，这些都是科学研究成功所需要的条件。
>
> ——贝弗里奇

他穿行于田野上自由延伸的小路，一层薄薄的稻草遮盖着道路两边，茂密的芭茅草从高及屋檐的顶端垂下，枯黄的叶子在茎干上偶尔留一点苍翠。他如少年时那般坐在山坡上望着远山和田野，双眼一寸一寸丈量着家乡的景色。

在他的记忆里自己是没有真正意义的家乡的，他无法像大多数人那样，有一座老屋可以寄放，有一棵同年同月同日生长的树木作为标志。刚满一岁，他的父亲就请了两个挑夫，一位挑着他和姐姐，一位挑着全家的行李，一步一步走进大别山腹地，在一处名叫石头嘴的小镇停留下来。

读高中的时候，他曾因不按语文老师的要求，将一篇记叙文写成小说而轰动全校。高中毕业后他呆在家里，父亲便让他去水库管理处做临时工，三个月后他又被派到冲水库当施工员。由于他有文字功底，他常常被借用到厂部写各种各样的文章。

一次偶然的机会，他和一位痴迷电影剧本创作的高中校友一道去了县文化馆，并认识了个人创作正处于大喷发前夜的姜天民，受到姜天民的鼓

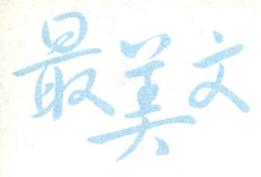

舞,他开始了真正的小说创作。

他把满腔热情投入在小说创作的喜悦中,工友们在下班后邀他出去玩乐都被他婉言拒绝,他一个人待在宿舍里构思写作。可是,当寄出去的手稿被退回到收发室时,二百来号人的小厂里很快就人人皆知。工友们在背后指指点点,有的还当面嘲笑他是个没用的"坐家",这让他的内心饱受煎熬。

冬天快要过去,在向阳的山坡上,残雪残冰和初融的水混合在一起,一簇冰凌花在零度的困囿中笑傲。那簇金黄色的花朵,如一团火焰点燃了漫山的冰雪,柔弱的灿烂唤醒了他被冰封的心情。冰凌花在零度的冰霜里把自己冻结出一张灿烂的笑脸,等到冰雪消融时,它便会如早春的花朵一样绽放无限的生机。

他明白了过早发表作品也许并不是一件好事,只有静下心来不断摸索、前进,才能不断自我提升达到一定的水准,等待冰凌花的绽放。自此,他开始潜心写作,与孤独作伴,只为创作不问结果。直到有一天,他收到一个编辑的来信,才知道他的小说《黑蝴蝶·白蝴碟》已经被发表出来,他的文学才华开始受到文化馆的重视,不久后,他被正式调入县文化馆工作。

进入文化馆的他并没有急于求成,而是按照既定的方向,扎扎实实地创作有着系统构思的系列小说《大别山之谜》,并以《凤凰琴》一举成名。在文化馆工作两年后,他被调到县文学艺术创作室任主任。

当他正值创作高峰时却突然停止了曾给他带来巨大荣誉的中篇小说创作,此后整整六年,他仿佛从文坛中消失一样,杂志上看不到他的作品,传媒上也不见他的消息。2001年全省作家代表大会上他被选为湖北省作家协会副主席,可一些重要的文学活动仍然见不到他的身影,没有人知道他干什么去了。

直到2005年5月,他闭关六年潜心创作的百万长篇小说《圣天门口》

出版后，人们才在惊叹中明白了他过人的毅力。当采访的记者问他在这个文学创作大跃进的时代，为何他可以甘于寂寞，用几年的时间磨一部长篇小说时，他淡淡一笑："每一次新的写作都应该是对自己写作才华的极限、对自己生命极限的挑战。当我们努力尝试走向伟大，才能让自己的心胸更开阔，思想更深邃。"正是因为心系对文学的历史使命，2011年，他的长篇小说《天行者》获得了茅盾文学奖，他的文学道路走向了辉煌。

是的，他就是湖北著名作家刘醒龙。他的人生有过风雨有过泥泞，在经历人生低谷时，他总是执着、谦逊地携一蓑风雨行走于他的艺术世界中，淡定、从容地等待冰凌花的零度绽放。

（原载《新青年》2014年第8期）

> 有时候我们坚持走一段路，不是为了其他，只是为了寻找自己。说白了，那都是做给自己看的，包括对待一部作品的执着，是为了对得起自己，是为了最真的自己。

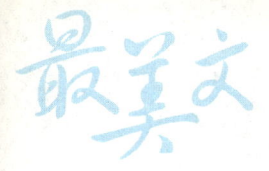

把自己当作一棵安静的大树

文 / 素纸笺

> 学道不难伶俐，难于慎重；发心不难勇锐，难于持久。
>
> ——弘一大师

2014年1月3日，他在《中国好歌曲》的舞台上演唱了一首原创歌曲《卷珠帘》。这首歌曲是他唱给母亲的一首歌，歌词里有母亲伴儿长大的牵肠挂肚，也有儿子振翅高飞的离别与不合。

歌曲中带着浓墨重彩的中国古韵，曲调优雅空灵，旋律自然流畅，他独特的唱腔深邃悠远，宛如天籁之音感动了万千听众，评委刘欢老师也为之深深动容。

他出生在一个音乐世家，父母在他3岁时离异，母亲为了更好地培养他，放下了自己的事业带着他住在只有19平方米的小房子里，母子俩过着十分节俭清贫的生活。为了坚持让他学习钢琴，母亲一直靠着变卖一些旧首饰以应不时之需。

每当看到别人的母亲有娱乐、有丝质的衣服、有漂亮的首饰，而自己的母亲却困苦地跋涉在人生的长路上，他顿时觉得自己很渺小。也是在那个时候，想要让母亲过上好日子的愿望在他小小的心灵里滋长着。

16 岁，他已经参加过大大小小各种音乐比赛，在当地已经小有名气，他是同学们心中的偶像，老师疼爱的佼佼者。原以为自己的人生会是一路光华，可是命运却在这时候给了他一个小小的打击。

这一年，他带着母亲省吃俭用的积蓄前往省城准备参加年度音乐比赛。冠军的高额奖金对于生活拮据的他是个不小的诱惑，小小年纪的他想要凭自己的力量减轻母亲身上的负担。

到了省城，举办方临时改变比赛时间，延迟一天进行比赛。为了省钱，他决定在附近的公园将就一晚，第二天醒来，身上仅有的几百元钱却不翼而飞。这让他非常崩溃，他仿佛看到母亲每晚在灯光下做手工活的身影，不禁流下了愤怒又懊悔的泪水。

情绪的波动让他的临场发挥失了水准，也让他与冠军失之交臂，同行的一些认识多年的小伙伴们嘲笑他虚有其名。他的心情异常烦闷，多年以来的好名声被这次比赛毁于一旦。他茫然地走至江边，望着江边的景色发呆。一位衣着朴素的老者，坐在一棵大榕树下面带微笑地望着他。也许是老者和蔼的面容令他有亲近之感，便和老者谈起了他的挫折。

老者抬头看看头顶上的榕树说："看到那树荫了吗？我们常常考虑的是树荫，却不知，树木的成长才是人生的真谛。因为，当阳光消失，风雨来临时，树荫就不值一提，而结实的树木，却仍然接受风雨的洗礼，诠释生命真正的勇敢与坚韧。"

他顿悟了，仿佛经过一次心灵的洗礼。是的，只有坚持自己的品格修行，改变心态，让生命的大树植于心灵，才能成为一棵永不凋枯的大树。那以后，他更加执着于自己的梦想。

2014 年 1 月 3 日，他在《中国好歌曲》的现场演唱了自己具有中国风曲调的原创歌曲《卷珠帘》，节目播出不久，他就得到众多粉丝的关注。2014 年，当他接到通知说他的《卷珠帘》已经被确定会上春晚时，他觉得

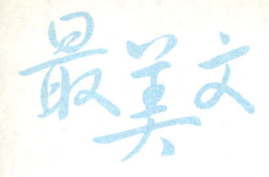

就像一个彩蛋砸到了自己的头上。

2014年,在综艺"原创潮"《国色天香》进入半决赛的现场,他的朋友在一边焦急地为他打气,而他则在乱哄哄的后台安静地看着一本书。赛后,夺得冠军的他说,自己没有抱着拿第一的心态,而是把自己当做一棵安静的大树,默默接受生命的磨难和惊喜。

他就是获得《中国好歌曲》冠军的霍尊,他在心灵种着一棵永不凋枯的树,以美好的心态在他的音乐道路上勇敢攀登。

(原载《语文周报》2013年第28期)

> 生命是渺小的,像沙漠上一粒金黄的细沙,一点也不起眼;生命更是伟大的,像一颗璀璨的夜明珠,珍贵无比。因此,我们应该让有限的生命获得无限的价值,生命不息、奋斗不止!

阿来：生命静止的光芒

文 / 陈溯

艺术来源于生活，更高于生活。

——谚语

读完小学后，他想继续读初中。当他把这个想法告诉父亲的时候，父亲却希望他可以留在家里帮忙放放牛，家里实在负担不起那么多孩子的学费了。让母亲担忧的是，离家里最近的学校也有50公里路，这么小的年纪每天来回走这么远的路怎么吃得消？他却望着母亲眼神坚定地说："我不怕，只要可以继续读书就值得！"

恢复高考后，他上了本州一所师范学院，开始了正规的汉语学习。两年后，他被分配到一个比自己村庄还要偏僻的山寨，成为了一个乡村教师。

他开始进行大量的阅读，他先是读海明威的，接下来读福克纳、菲茨杰拉德、惠特曼、聂鲁达……在一次同学聚会上，大家拿出了自己所作的诗兴致勃勃谈论创作的背景，他只是清淡如常地听着。这次的聚会让他觉得创作是件非常有意思的事，回到宿舍，他写出了人生中的第一首诗——《母亲，闪光的雕像》。

他的老师建议他把这首诗投出去，不久《母亲，闪光的雕像》就在《西藏文学》发表了，这为他的诗歌创作打了一剂强心针，他从此开始了诗歌创作。文学上的成就，让他调入阿坝州文化局《新草地》文学刊物做编辑，也就在这时，他开始滋生了写作的"野心"，他把自己的写作形式从

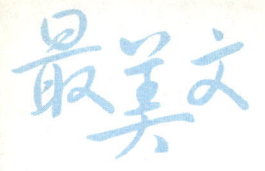

诗歌转向了小说。当他的中篇、短篇小说顺利地在《四川文学》发表,并且出了第一本小说集《旧年的血迹》后,他成了别人的榜样,无疑的,他的一步步在很多人眼中都是成功的。

然而,正当自己有如一颗冉冉升起的新星一样闪闪发光时,他却迎来了写作的"低谷"期。他的内心陷入了茫然和怀疑中,他一次次问自己写作的初衷是什么。一连串的问号在他的脑海里跳动着。直到有一天,他翻看着陶渊明的《止酒》:"坐止高荫下,步止荜门里;好味止园葵,大欢止稚子;平生不止酒,止酒情无喜。"合上诗集,他像是想明白了些什么。

他怀着满腔激情走出家门,翻越雪山漫游若尔盖大草原,他有时风餐露宿,有时与藏民们坐在草地上看疾走的云,喝酒啃牛肉,感受自然馈赠给他的一切。很多人都对他在写作巅峰时突然停下来做这些没用的事感到费解,他却云淡风轻地说:"即使有远大雄心的人也仍需停下脚步,安静欣赏自然赐予的美好,所谓心有猛虎,细嗅蔷薇。"

两个月后他结束了行走,望着窗外不远处山坡上一片嫩绿的白桦林,他又开始写小说了,长篇小说《尘埃落定》就在指尖自然地流淌在电脑屏幕上。

是的,他就是凭借长篇小说《尘埃落定》荣获第五届茅盾文学奖而声名大噪的藏族作家阿来。他从来没有单纯去追求过什么,从写诗到短篇、中篇、长篇小说的创作,他一直以淡泊的心态在写作。当他头上顶着成功的光环,他仍然让自己停下来,与时光静处,让朴实的生命散发出静止的光芒。

(原载《青年博览》2014 年第 16 期)

> 有时候成功的原因其实很简单,无非就是无比热爱生活,热爱这片热土。

曹格：人生是一条弯弯的小巷

文 / 陈溯

孤独，是忧愁的伴侣，也是精神活动的密友。

——（黎）纪伯伦

自小他的父母离异，他和爷爷相依为命。读小学的时候，每到中午休息时间，当同学们从抽屉里拿出从家里带来的漂亮的便当，他便羡慕不已。每当班级几个要好的同学互相交换着各自带来的菜时，他都会带着爷爷给自己准备的饭盒到教室外的石凳上吃饭。打开饭盒，饭盒里只有简单的菜色，那是爷爷每天去海边帮别人打零工，省吃俭用省下来的。

最令他开心的是爷爷接他放学的时光，一路上，爷爷的大手牵着他走过通往家里的那条弯弯曲曲的小巷，而他快乐地一路唱着歌。

有时，爷爷会变魔术一样变出一个他喜欢吃的豆沙包来，后来他才知道那是爷爷用积攒了好几个月才攒到的一点面粉做给自己解馋吃的。多年以后，他始终清楚地记得童年那条弯弯的小巷。

年华如风，转眼他已经大学毕业，他想出去闯一闯，却担心爷爷一个人在家没人照顾。爷爷说："傻孩子，我的身体好得很，你应该勇敢地出去闯一闯，看一看外面的世界。"

离开家的那天，爷爷为他做了五个豆沙包放在饭盒里让他带在路上吃。他泪眼摩挲，心里发誓，一定要闯出名堂让爷爷过上好日子。

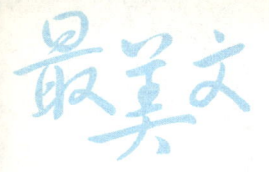

  他带着自己写的80多首歌出发了,准备到台湾发展,他甚至有一种错觉,只要站到了舞台上自己就是一个头顶光环的巨星,他以为这些都是顺其自然的事。当他意气风发地拿着他的作品送到一个很有名气的制作人的桌前,却遭到了无情的批评:"这些歌太难听了,这样的歌没有任何市场。"

  从小到到他参加过无数次歌唱比赛,在音乐路上一路走来,他没有遭到过如此的否定。在人生地不熟的他乡,他感到了苦闷和无助。然而,他并没有灰心,他收拾了心情,继续带着他的歌去找下一个音乐制作人。当他小心翼翼放下他的作品,对方抬起那双冷漠的眼睛看都没看就说,你长得这么丑,就算歌曲写得再好也成不了歌手。

  他的自尊心再一次被残酷地伤害了,他不知道是如何回到家里的,他坐在房间里发呆,开始借酒浇愁,睡醒了再喝,再睡,旁人见他如此颓废都劝他不如回到家乡去。他想起爷爷慈爱的脸庞,爷爷曾经告诉他,生活是一场接力赛,当困难来临时要全力以赴去拼搏,才能找到属于自己的心门。回想着爷爷的这句话如醍醐灌顶,他打了一个哆嗦振作了起来。

  他沉下心来开始创作,写出了让王心凌演唱的《睫毛弯弯》。他靠这首歌获得了巨大的收益,让亚太的歌手记住了他,纷纷让他为自己写歌。至此,他成功地从一个被人四处嘲笑样貌的音乐爱好者逆袭成为一个知名的创作歌手。他在宣传自己的新专辑时说:"人的成长,就像一棵树,只要有阳光,有点雨露,即便是在坚硬的岩石上,也要把根深深扎进岩石的缝隙里,努力向上生长。"

  他是马来西亚华语流行创作歌手曹格。2014年1月3日《我是歌手》第二季开播了,曹格以一曲《背叛》征服了现场所有的观众,这也是曹格写给爷爷的一首歌。早在《我是歌手》第一季时,导演组就曾经邀请曹格去参赛,当时他坦言最怕歌唱比赛,拒绝了参赛。《我是歌手》第二季的时候导演再次找到曹格,经过一年的沉淀,他横下心要克服困难和恐惧,于是站到了《我是歌手》第二季的舞台。

曾经经历生活中种种不如意的曹格，终于靠自己的努力一步一步走上"巨星"的舞台。他每克服一次困难，他便多一次擦亮头顶上的光环，并照耀着前面的道路。

世界是广袤的，人生的路是弯曲的，路上的风景不断变化，当失败与困难与我们相伴左右时，只要我们目光坚定、不懈拼搏，必然会在人生这条弯曲的小巷里走出绚烂的道路。

（原载《语文报》2015 年第 12 期）

> 我依然觉得人性是在困难中才会显露出来的，只因为走了那么多坎坷崎岖的弯路，所以才会对成功那么渴望。

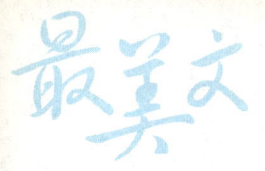

世界最穷的总统

文 / 佟才录

民之所欲，天必从之；君者舟也，庶人者水也。水所以载舟，亦所以覆舟，凡政皆务以利民。

——魏征

世界最穷的总统能有多穷？也许你不相信，身家仅1800美元，住一间平板房，自己洗衣服和提水，靠种花养活家人，唯一的值钱的家当——一辆二手汽车，还是在他当选总统时几个朋友凑份子买给他的。他就是乌拉圭总统何塞·穆希卡，被网友们誉为"世界最穷的总统"。

现年80岁的何塞·穆希卡，1935年5月出生在距乌拉圭首都蒙得维的亚12公里的帕索德拉阿雷纳小镇，他在那里度过了自己美好的童年和少年时代。长大后，他曾当过一段时间的自行车运动员，效力于多个俱乐部。后来，为了报效国家，反对军人独裁政权，他参加了"图帕马罗斯"游击队。在一次袭击行动中，他被军政府逮捕投入监狱，之后在监狱中度过了漫长的14年时光。

1985年，军人独裁政权垮台，乌拉圭恢复了民主政治。何塞·穆希卡被释放出狱，重新走上政坛，当选为众议员。他以生活简朴和贴近民众著称，说话风趣幽默，在乌拉圭民众心目中拥有很高的声望。2009年，何塞·穆希卡作为执政党广泛阵线的候选人参加总统选举，并以高票当选乌拉圭新一届的总统。就任总统后，何塞·穆希卡拒绝搬入总统府居住，坚持继续居住在首都蒙得维的亚郊外的一座小花卉农场里，睡在一间摇摇欲坠的板房里。

那里条件十分简陋，农场外只有一条仅够一辆汽车行驶的土路，木板房外有个洗衣服的地方，水需要从旁边野草地里的一口井里自己提。尽管贵为总统，家里却连一个佣人都没有，穆希卡自己提水自己洗衣服。别的国家总统身边保镖警卫乌泱泱一大群，而穆希卡身边却仅有两名警察，家里仅有一条三条腿的土狗为他站岗。

何塞·穆希卡是世界上唯一的一个家徒四壁的国家总统，他平时很少穿西装、打领带，出门就坐一辆二手的大众甲壳虫汽车。

何塞·穆希卡虽然一贫如洗，但他当选总统后，每月拿出自己90%的薪水捐献给了国家社会福利项目，每月捐献额相当于1.2万美元。他自己仅保留小一部分，相当于乌拉圭民众的人均月收入775美元，刚刚够自己一个人的日常开销。

总统每月把大部分薪水都捐了出去，那靠什么养活一家老小呢？原来，何塞·穆希卡自己有一小块土地，他在处理完国家政务之余，就开拖拉机耕种土地种花，把花卉推销给花店，以此来挣钱养活一家老小。

即使生活寒酸窘迫，何塞·穆希卡也经得起诱惑。2014年6月，穆希卡在玻利维亚出席一次国际峰会时，有一位阿拉伯酋长出价100万美元，希望收购他那辆1987年产的蓝色甲壳虫汽车。

消息一出，那辆汽车的照片在乌拉圭社交媒体上大肆传播，人们竞相讨论穆希卡是否会借机大赚一笔，因为那辆甲壳虫汽车已经行驶了27年，破破烂烂的，最多值千八百美元。

但出乎人们意料的是，穆希卡很认真地拒绝了这笔能赚大钱的买卖。2014年11月16日，穆希卡在接受乌拉圭一家国内电台采访时说，这个月底他就要卸任了，他将会让这辆车子陪他光荣退休，而且他这辆唯一的破

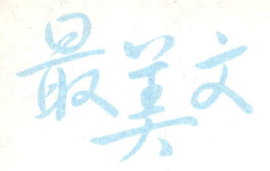

车子是他就任总统的时候，几个朋友凑份子钱给他买的。如果他将车子卖掉就会良心很不安，觉得愧对这些朋友的心意。

何塞·穆希卡最初当选总统时是个穷人，直到他总统卸任，依然还是个穷人。他没有利用手中至高无上的权力为自己和家人谋取一分钱利益，这就是乌拉圭人民为什么会如此地爱戴和拥护他的最好答案。

（原载《作文与考试》（高中版）2015年第5期）

最贫穷的却也是最富有的，他心里装的全是自己的人民，也获得了人民的热切爱戴。他难道不是最富有的总统吗？

索菲亚·罗兰最好的一场戏

文 / 胡识

自信是向成功迈出的第一步。

——爱因斯坦

为了活下去,以及对电影事业的热爱,15岁的她来到了"万城之城"——罗马,想从这里进军电影行业。没想到,她第一次试镜就遭遇失败,所有的摄影师都说她不够美丽,都抱怨她的鼻子和臀部。迫于无奈,导演卡洛·庞蒂只好把她叫到办公室,建议她把鼻子缩短一些,把臀部削掉一点。

大多数情况下,许多想搏出位的演员都对导演言听计从。可是,小小年纪的她却足够胆大,有主见。她拒绝了导演的要求。她说:"我当然懂得因为我的外型跟已经成名的女演员颇有不同,她们都相貌出众,五官端正,而我不是这样。我的脸毛病太多了,但这些毛病加在一块反而会更有魅力呢。如果我的鼻子上有一个大肿块,我会毫不客气把它除掉。但是,说我的鼻子太长,那是没有道理的,因为我知道,鼻子是脸的主要部分,它使脸具有特质。我喜欢我的鼻子和脸的最初样子。说实在的。我的脸和臀部确实与众不同,和其他女演员不搭伙,可我为什么要长得跟她人一样呢?"

"我要保持我的本色,我什么也不愿意改变。"

"我愿意保持我的本来面目,我也能看见自己的美丽。"

正是由于她对自己美的坚持,才使得导演卡洛·庞蒂重新审视,并真正认识、了解、欣赏她。她就是以性感偶像崛起,被誉为世界上最具自然美的人,意大利永远的女神——索菲亚·罗兰。

能把别人在自己身上看到的与众不同当成自己最大的特色和优势,并不为别人轻易改变。那么,这种始终坚持做自己的决心,将来有天一定会得到别人的尊重和掌声。

(原载《语文周报》2015 年第 9 期)

我就是我,颜色不一样的烟火。每个人都该有这般自信,每个人也该做最真的自己。不为权势低头,不被流言改变自我。

传奇的背后

文 / 雪子

> 古之立大事者,不惟有超世之才,亦必有坚韧不拔之志。
>
> ——苏轼

2012奥运圣火正在燃烧,运动员正在赛场上奋勇拼搏。回望历届奥运会,有多少奥运健儿在赛场上书写了一段段传奇,创造了奥运史上的一次次的辉煌。

1.55米的邓亚萍,曾获4枚奥运会金牌,14次获得世界冠军头衔,连续8年女乒世界排名第一,被誉为"乒乓皇后",是乒坛里名副其实的"小个子巨人"。世界乒坛上第一位集奥运会、世乒赛和世界杯三项单打冠军于一身的女子"大满贯"运动员。

跳水"女皇"高敏,在1988年汉城奥运会上赢得中国首枚奥运会跳板跳水金牌,在1992年巴塞罗那奥运会再度胜出。在整个运动员生涯中,她共赢得70多枚国际比赛金牌,11项世界冠军。她也是至今唯一曾在单一国际比赛总积分超过600分的女子跳水运动员,那些国外的女子跳板选手都不禁感叹:"与高敏生活在同一时代,是个悲剧。"

传奇的光环是耀眼的,有鲜花,有掌声。传奇的背后有汗水,有泪水,有超越常人的付出和面对强大压力的自我挑战。

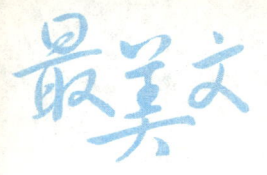

天才是百分之一的灵感加上百分之九十九的汗水。先天条件不好的邓亚萍，七八岁时，便在自己的腿上绑上了沙袋，而且把木拍换成了铁拍。

为了自己的球技更加熟练，基本功更加扎实，进入国家队后，邓亚萍都是超额完成自己的训练任务。误了吃饭的时间，就自己泡面吃。脚底磨出了血泡，就挑破它再裹上一层纱布接着练。就算是伤口感染，挤出脓血也不放弃练习。

在鲜花的背后，却是可怕的心理压力。外界常常看到高敏的成功和不败的荣耀，却殊不知高处不胜寒，这个被众人公认的被上天眷顾的女孩却曾经经历过痛苦的极致——接连整夜的失眠，时刻揣着足以令人毙命的安眠药，想从巴塞罗那最高的楼上跳下。最后一次比赛，高敏战胜了自己，在失利的情况下，平稳迎战，再创辉煌。

她们用自己的行动书写了爱国情怀，也向世界证明了"更快、更高、更强"是奥林匹克运动体育精神的集中体现，她们挑战自我，追求进步和突破，充分表达了奥林匹克运动不断进取和永不满足的精神。

（原载《语文报》2014年第6期）

天才就是百分之一的灵感加上百分之九十九的汗水，所有的苦难都只有在站上领奖台的那一刻，才会显示出迷人的光辉来。

让信念升值

文 / 雨街

  人生应该如蜡烛一样，从顶燃到底，一直都是光明的。

——萧楚女

  信念本身并不值钱，它有时甚至是一个善意的欺骗。不过，一旦你坚持下去，它就会迅速升值。

  让信念升值，首先是要为自己升起信念的旗帜，让自己拥有前行的目标和方向。

  德国著名诗人海涅年幼时并不是一名好学生，他的作文从来都是被老师讥笑的话题，这一度使他丧失了信心。一到语文课，他不是旷课，就是和同学打闹，甚至搞一些恶作剧。有几次学校几乎要开除他，直到升入中学后，这种状况才有了转变。

  尽管他仍写不好作文，但老师从他那跨越时空的大胆想象中，仿佛看到了一棵诗人的苗子。从此后，老师再也没有强迫他写过一篇作文，并鼓励他说："就这样写下去，你一定能成为像歌德一样伟大的诗人。"

  "我能成为歌德一样的伟大诗人？"老师的话让海涅感到无比震惊。尽管他当时连歌德是个什么样的人都不知道，但他知道"伟大"是一个很了不起的词，因为他父亲在说起"伟大"一词时，说的都是德国历史上那些

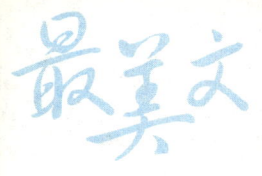

名垂青史的英雄人物。

"能,一定能!"老师拉过海涅的手说,"不过有一条你要记住,你要向歌德学习。"海涅记下了这句话,后来老师又一步一步告诉他向歌德学什么,他居然能一丝不苟地按老师的话去做。

老师说说话要像歌德一样文明,他就再也没有说过一句污言秽语;老师说要像歌德一样学好知识,从此他上课认真听讲的程度就超过了班上任何一名学生;老师说要勤思考,勤写作,他就专门为自己准备了写作的本子,一年要用掉好几十本……

经过多年的努力,海涅写出了《北海纪游》《德国,一个冬天的童话》和《旅行记》等在德国和世界文学史上产生过重要影响的诗歌和散文作品,被公认为是继歌德之后德国最重要的诗人。

成名后的海涅曾给当年的老师写过一封充满感激之情的书信,其中有这样一段话:"后来我才知道,你给我讲的那些有关歌德的故事是不真实的,但对我的益处是真实的。正是因为有了这一个又一个信念的激励,才注定了我的昨天,也注定了我的今天。"

后来,海涅还曾写过一首题为《信念》的小诗:你的周围是冬天,你的心中是冬天,你的心儿已经冻僵;突然有白色的片片,降落到你的身上……可那并不是雪花,你立刻看出,十分惊喜,那是春天芬芳的花朵……

(原载《中学生阅读》(初中版)2016 年第 7 期)

伟大的人势必会对生活充满热爱和向往,哪怕兵荒马乱,亦或穷困潦倒,都不能阻止他前进的脚步。

总统身边有一个"居心不良"的人

文 / 梅若雪

民主并不是什么好东西，但它是我们迄今为止所能找到的最好的一种制度。

——丘吉尔

"奥巴马伯伯，我给您寄来了我的家庭作业，您能帮忙检查一下吗？"这是一位美国小学低年级的小男孩前不久给奥巴马写的一封信。孩子童真幼稚，也爱异想天开，写就写了，可这封信居然就上了总统的案头。

总统读群众来信其实是他自己要求的，然而也并非什么信皆能送达到总统手中的。一般要经过三道重要的关口。

首先是邮局，每天从寄往白宫的数千封信中，经检查，确保信中没有危险物后，工作人员再挑选1000封信，装进写有"白宫信函"字样的白色盒子，送往白宫附近的一座大楼。

这就进入第二道关口了。在这幢楼房中，数以百计的工作人员及志愿者将送来的信一一拆开、阅读，然后将这些信按内容分门别类放入文件架的一个个格子内。

这个时候，有一个人就要专挑给奥巴马总统的信来读了，也就进入最为关键的第三关。这个人每天都要从大量的信件中挑选出10封来，那位小

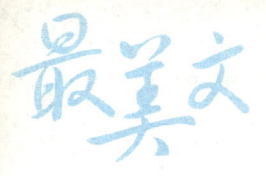

学生的信就这样到了总统的手中。人们称这位直接给总统挑信的人是总统的"信访办"主任。

总统日理万机,这种小学生的信送给总统不是分散了总统的精力了吗?你这个信访办主任是咋当的!其实,这样的信还是好的。

请再看一封信:"我爸爸丢了工作,奶奶生病了,她买不起医疗保险。"还有一封信:"总统先生,我失去了工作,医疗保险和自身价值。"

后面这封信的写信人叫克莱恩,27岁,家住密歇根洲,这个洲是美国受金融危机打击最严重的地方之一。克莱恩丢了工作,丈夫开的公司也不幸倒闭,两人欠了一身债,房子也被银行收走。他们不得不带着两个孩子回到父母家中,祸不单行,克莱恩又被诊断出患了皮肤癌。

那天,克莱恩从女儿笔记本上撕下一张纸,将这些一股脑儿地写下,这封信让奥巴马总统看得感慨万千。

也许有人说,你所说的尽是一些阴暗面,总统总能看到一些高兴的东西吧!你错了,除了小学生让总统给检查家庭作业还算是一件是让人"愉快"的事外,其余全是一些"报忧不报喜"的东西。"报忧不报喜"也算是是好的,因为在这位"信访办"主任每天送给总统的10封信中,总会有超过5封管奥巴马叫"白痴"。

人们也许又要说了,这一定是奥巴马的反对党安插在白宫专门来警告奥巴马的,其实你又错了。

这个人于2000年,在与奥巴马参选国会众议员时,就和奥巴马结下了深厚的友谊。2006年,他又成为时任联邦参议员的奥巴马的联络主任,并跟随奥巴马参加总统选战,随着奥巴马的总统选举成功,他作为有功之臣进了白宫。

当联络主任有经验了,这种信得过的人让他再掌联络大权吧!当选总统后第一个星期,奥巴马就将他叫到了自己的办公室。"那么你要看一些什么样的信?"当奥巴马把每天要看 10 封民众来信的想法告诉他后,他问。"我不能告诉你应该把什么信给我看——你明白我的意思吗?"奥巴马思考了一下说。

他的名字叫科勒尔,科勒尔太明白奥巴马的意思了:就是每一封信都要让他震撼!

科勒尔送给总统的信,总统无论多么忙,每天晚上他来到白宫办公室的第一件事,就是认真阅读这 10 封信,并选择三四封亲自回信。

对那位小男孩的信,奥巴马是这样回复的:"我认真地看了你的作业,还不错,只错了两道题。"

对于克莱恩的来信,奥巴马更为慎重,他拿出了带有总统印章的便条本,将纸裁成明信片大小,一笔一画地写起回信来:"我知道现在的日子不好过,但你们对我的信任给了我信心,相信事情会好转。"

奥巴马曾与科勒尔开玩笑说:"科勒尔,你'居心不良',一半的信管我叫'白痴',我就这么'白痴'吗?"但随即总统又表扬了他,"这些信件比任何东西都更能够提醒我,这个国家发生了什么!"奥巴马有时看这些信时看到伤心处,会忍不住掉眼泪。他还经常将这些信带在身上,讲话中随时引述信中的内容。

值得一提的是,奥巴马的回信寄出之前,都要被送往白宫办公厅秘书处,复印、存档。不说奥巴马连任,单在他一任期满,他的这些回信就会多达 5000 多封,这本身就会是一部厚重的历史。它让人记住这些难忘的时刻时,更不会忘记这位名叫科勒尔的总统"信访办"主任。

作为权力至高无上的总统,主动安排一个"居心不良"的人在身边,而这个人也敢于尽到自己的一份职责,这就让因受条件限制不能直接进入

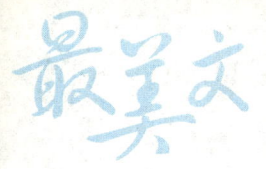

民众中的总统能"听到人民的真实声音"。总统身边有个"居心不良"的人,人民大致也就不会看到一个"居心不良"的总统。

(原载《青年博览》2014 年第 15 期)

有时候我们看到的那些特别老实的、毕恭毕敬的,往往是不说真话的人。可是人民不说真话,政府就不可能了解群众的意愿。政府只有倾听群众的心声,国家才能更加民主。

第七辑

董卿的家教

　　董卿的成功,离不开良好的家教。董卿充满深情地说道:"父母对我刚柔相济的家教,给我插上一双坚强的翅膀,飞过高山、飞过险滩、飞向远方……

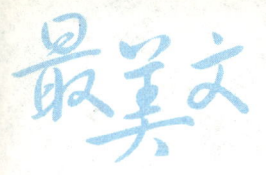

介子推：烈火中永生

文/李军民

> 德行是人人都赞美的，因为好人和恶人都可以从中找到对自己有利的东西。
>
> ——狄德罗

一

介子推，活着的时候，他的心，一片赤诚；死了的时候，他的名，烈火真金。

绵山脚下的这座城市，好像就是专门为介子推而建造的，不然她怎么叫介休！

古往今来，曾经有多少生命过客，匆匆从这儿走过。本来有些人是完全可以青史留名的，然而，介子推一出现，令他们黯淡无光，在历史长河中纷纷隐去。像那逝去的汾河水，一去不回头。

介子推的人生，定格在了两天，这两天是他身体和生命被火焚烧的日子：一天，是他把自己腿上的肉割下来熬成汤，呈给饥肠辘辘心怀复国之志的晋文公充饥；一天，是他携生养自己的慈祥老母，矢志不渝，在熊熊烈火中淬化成了试金石。

是两天，又不是两天。介子推的爱国之心经过了岁月的磨砺和先哲的教化，而他有功不言禄的壮举与天地永存。

人们说，介子推是被火烧死的——不！他身体的一部分确实已经被火烧过了，绵山后来的那把大火使他得到了永生。

二

晋国奸邪作乱时，文公是晋国的希望。因为介子推心系国家安危，对国家寄予希望，所以对文公寄予厚望。

他不是那些整日为了表现自己而在国君面前转来转去晃悠的人。在国难当头，危在旦夕之时，他却可以挺身而出，舍生取义，无所畏惧。

当国家安定，奖赏功臣时，有人为他被冷落、不被重用打抱不平，他自己却淡然处之，悄然离去。诚如《荀子·臣道》所言："从道不从君。"他的所作所为，不只是忠从于君主的，而是忠从于整个国家，心底无私天地宽。

那许多的人低估了介子推的决心，误以为他是为了功名利禄负气出走。他在忍受身体创伤的同时，还在忍受心灵的创伤。其实他"割股奉君"的事情已经足以说明一切了，何苦以身家性命再次去换取虚名！

谁也不知道烈火熊熊燃烧时介子推在想什么。如果说割股奉君之时，他曾经想过有一天会享受荣华富贵的话，那一刻，他一定会为当初的想法而感到可笑。为国家尽绵薄之力时就已经把生死置之度外了，功名利禄对他又算得了什么！

三

传说介子推在烈火中羽化成仙，玉皇大帝封他为"威列天神"，主管人间的监察御史；介母被封为"介山圣母"，是妇女儿童的保护之神。表达了人民的美好意愿。

人们常说忠孝不能两全，其实这只是一个托词罢了。忠即是孝，孝就

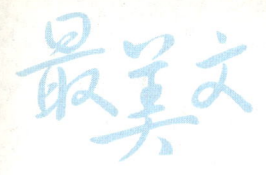

是忠,是大忠大孝,是一种人间大爱。绝不是表现在形式上,而是发自内心的,合二为一,水乳交融。

介子推的成长首先得益于母亲的教诲,能够与母亲一道,生死相依、大义凛然、视死如归,实现自己的崇高理想,他已经心满意足了。

屈原的《九章·惜往日》对介子推赞赏有加:"介子忠而立枯兮,文君寤而追求。封介山而为之禁兮,报大德之优游。"屈原最终自己也以坚持真理、矢志不渝、感天动地的行为,作为对介子推精神的最好传承。

四

寒食清明节作为纪念介子推的一个节日流传下来了。"清明"二字的意思,便也是与山水同在,与日月同辉。

清明寒食节的祭奠是为了寄托哀思,让后人铭记前贤。而现在的人是否还记得清明寒食节的真实含义?是否只是把绵山仅仅作为了一个旅游的景点?

人们在清明时节祭奠亲人的时候,会把那名为"清明柳"的树枝编成柳圈戴在头上,我们的孩子们在觉得好看好玩的同时,是否知道他的传说?

那些因介子推的故事演绎出来的"火烧"、"子推蒸饼"、"清明燕"、"蛇盘兔"的美食,人们在享用的时候,是否还会记得他的故事?

与介子推相比,一些人已经背其道而行,为谋取功名利禄而人格丧尽,贻笑大方。而那些毫无私心杂念,奉献社会,一心为民的人,大家会永远记着他的名字。

诗人臧克家在《有的人》中写道:"有的人活着,他已经死了;有的人死了,他还活着。"这是最好的写照。

五

每一个人最终都难逃一死，都要经受烈火的焚烧。

浩瀚宇宙，岁月长河，只有那些"为天地立心，为生民立命，为往圣继绝学，为万世开太平"之人，才会"淡泊明志，宁静致远"，才会"先天下之忧而忧，后天下之乐而乐"，才会得以永生。

介子推，烈火烧化了他的身躯，却烧不灭他的精神。他以死明志，在烈火中得到永生，得到涅槃。绵山，自此有了灵魂；介休，从此有了生机。

介子推的精神，已经与绵山融为了一体。那些前去拜谒的人，看到了、想到了、做到了，也就悟出了生命的意义、人生的真谛。

（原载《语文周报》2014年第8期）

那些消亡了的，只能是躯体，留存千年并永垂不朽的，是那些闪烁着人性光辉的精神力量。

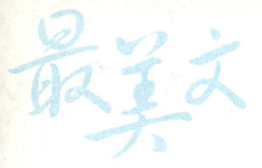

用心书写那个属于自己的符号

文/李军民

  人的生命恰似一部小说，其价值在于贡献而不在于短长。

——佚名

  历史总会留下一些永久性的符号，有时是事件、人物，有时是文章、名言，而有时甚至仅是一颦一笑。巴金，就是岁月长河中留下符号的其中人物之一。他的文化符号代表一种现象、一种声音、一种良知，在中国、在世界，在当今、在未来，愈久弥坚。

  他的名望，不止是因为他曾经作为世纪老人见证了一个世纪的风起云涌，不止是因为他写出了鸿篇巨著位居文豪前列，还因为他成为了"讲真话"的象征，成为一个时期历史的缩影和一种声音的代表。"讲真话"是巴金一生中生活和写作的准则，他把爱恨情仇、喜怒哀乐全部倾泻在纸上。他拥有一颗觉醒的心，像一团火燃烧了自己，点亮了别人。

  巴金在某种程度上有些像鲁迅，对一些人或事憎恨和不宽恕，投以枪和匕首。但是，他在某种程度上又很真诚，以满腔热忱给人以温暖和力量。所以，巴金被人称作"中国知识分子的良心"。在不期然间，成为了与鲁迅、卢梭、托尔斯泰齐肩的巨人，讲真话、讲良心、解剖自己、反思历史、立德立言，是把自己的心交给读者的作家中很耀眼的一位。

有一句话是这样说的："只有心灵干净的人才能写出干净的文字。"巴金那一代作家为了这个写作理想奋斗了一生。文学是他与邪恶势力战斗的武器，也是他悲悯大众、救赎心灵、记住历史、反抗遗忘的一面镜子。

在残酷的现实面前，他没有停滞不前，当东方天空亮起一缕曙光，他就一跃而起，继续踏上征程。他以《随想录》为代表的著作，唤醒人们的信仰、价值、尊严、情感，以如椽之笔揭示人类的真诚、善良、自由、勇敢，为寻找希望和光明而孜孜以求，从不停歇。

巴金说过："人为什么需要文学？需要它来扫除我们心中的垃圾，需要它给我们带来希望、带来勇气、带来力量，让我们看到更多的光明。我几十年的文学生活可以说明，我不曾玩弄人生、不曾装饰人生、也不曾美化人生，我是在作品中生活、在作品中奋斗。"

优秀的作家，一定是文学的殉道者、生活的代言人、思想的先驱者。

写出《平凡的世界》的路遥，一定不曾玩弄人生。他对神圣的文学事业苦心孤诣执着追求，"像牛一样劳动，像土地一样奉献"，用生命书写人生，关注普通人命运。为社会底层人代言，用朴素的精神、真挚的情感，塑造平凡世界的辉煌人生，使一代又一代青年产生感情共鸣和精神动力。

写出《我与地坛》的史铁生，一定不曾装饰人生。虽没有健全的四肢，但他有睿智的大脑。一些健全人肉身之躯也许可以抵达很远的地方，但他的思想之旅能够直达人的灵魂深处。他对生命有独特的体验，对人生有深邃的思考，他把写作当作个人精神历程的叙述与探索，苦苦思索人之为人的价值和光辉，给我们带来勇气和警醒。

写出《活着》的余华，一定不曾美化人生。他真实地书写生活，让读者感受不同历史时期普通老百姓真实的生存状态，以平实的民间姿态呈现一种淡泊而坚毅的力量。

像这样有良知的作家还有许多，大浪淘沙，沙里澄金，他们的名字终将镌刻在文学的金字塔上，一些人也将会成为一个符号，为历史所铭记。

罗曼·罗兰说："生活中只有一种英雄主义，那就是在认清生活真相之

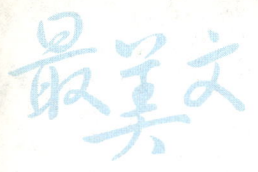

后依然热爱生活。"

如今，信息社会，良莠不齐，鱼龙混杂，用笔尖和指尖表演的人比比皆是，有的纸上天花乱坠，心里乌七八糟；有的消费祖宗，戏说历史，恶搞经典，偏激狭隘。赤裸裸地展现个人情感、隐私、欲望，缺乏社会责任感，丧失道德底线。带给人的是困顿、迷茫、失望，不能给人以希望与力量。

文学是表现真善美的艺术，真话说出的一定是真善美，假话说出的一定是披上真善美外衣的假丑恶。无论如何粉饰、掩藏、美化、涂抹，最终都会被历史的长河冲刷得一干二净不留痕迹。

不能以华丽的文字、虚伪的心灵、注水的感情、稚嫩的思想，营造一个狭小的圈子自得其乐。要远离涂满泡沫的繁华热闹；不做井蛙、不做夏蝉，不自恋自虐、自残自毁；不能只有敏感的神经，而失去坚韧的精神；不能患软骨病，吸食精神鸦片。必须远离喧嚣，甘于孤独寂寞。

每个写作的人都想通过文字记录人生、展示自己，有一种为社会为历史留下一些什么的念想。那就要像先哲一样，自我反省、虔诚忏悔、勇于担当。还社会以客观公正，给读者以心灵慰藉，维护文学圣洁，永葆作家真诚，不能让文学经典断代，不能让文学殿堂崩溃。

我们不是每个人都能成为文化符号。在纪念巴金先生诞辰110周年的时候，让我们的目光在他的作品里长久地停留，让心灵从他的符号上拓一张印记作为镜子让我们日日面对。

（原载《考试报》2014年第8期）

> 我们都行走在修行的路上，一路走走停停，汲取精神养料。那些伟大的精神领袖，就像一个又一个闪光点，指引我们去追逐！

苏忠基:"摩的"作家的美好憧憬

文 / 冠豸

先相信你自己,然后别人才会相信你。

—— 屠格涅夫

他叫苏忠基,是一名"摩的"司机,在暮色迷漫的黄昏,骑着摩托车四处揽客。

这个行当卑微又辛苦,而且充满危险,但于苏忠基这个 80 后文艺青年来说,却是他解决生存问题最简单又直接的方式。没有时间限制,没有路线规定,一切以客人的目的地为目标,更是他深入社会,体验底层社会生活的职业之一。

"摩的"司机是卑微的,得看客人的脸色,还要饱尝别人不屑的目光。相比较起来,恶劣的天气就不算什么了,即使狂风大雨,寒风刺骨他也依然准时出发,上路招揽客人,毕竟每天的生活开支得有来处。他不想依靠父母,他说:"我都这么大一个人了,首先得养活自己。"确实如此,理想再崇高当不了饭吃,只有解决了自己的生存问题,才有力气去追逐梦想。

"载客很自由,投入低,却也充满危险性。"他说,原来他曾在载客过程中遭遇过抢劫。有一天晚上,他载着两个年轻人到城郊,停车的地方黑灯瞎火。在他等着客人付车费时,那两个小年轻却不怀好意地凑近他,让他借点钱给他们花花。"还好我跑得快,要不,真不知道会发生什么事。"

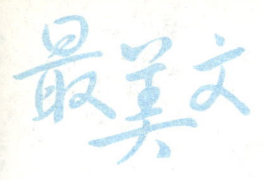

他心有余悸地说。报纸上早就报道过"摩的"司机被抢劫的事件,连钱带车被抢走,人被打伤,甚至发生过更严重的事。他不是没有考虑过载客的危险性,但他喜欢自由,而且这是他写小说最直接和根本的素材源泉。

苏忠基曾经四处漂泊,换过许多份工作。送奶工让他养成了时间观念;钢铁厂工人强健了他瘦弱的身体;摆地摊让原先并不擅长说话的他知道了如何与各类人打交道。他还拜师学过国画,也曾应聘到广告杂志社当编辑……各种困难和磨砺丰富了他的人生,也为他积累了大量的写作题材。

那些活生生的人物形象,各种场合里的际遇,影像般烙在他的脑海。每个清晨,在别人忙着上班时,他就铺开稿纸,在他租来的小房间里开始写小说。自从当年放弃高考,立志写小说后,他就从来没有停止过追逐自己的梦想。2007年,他的小说获得全国新概念作文大赛二等奖;2009年,再获三等奖,得到的评语是"拥有不俗资质和潜力的小说写作者"。

这些年,他更是笔耕不辍,天天坚持晚上载客,白天写小说,积极参加国内各种文学大赛,成绩斐然。他擅长观察各类人在同一事件中不同的表现,关心弱势群体的生存命运,热衷于把时效性强影响大的资讯消息融入自己写的小说中,让故事更有时代感和生命力。

2013年初,他把这些年浸润过的人情冷暖、触碰到的众生百态,集结成了自己的短篇小说集《独》。小说中的人物、事件都是他曾经历过的人与事,活灵活现地刻画出了一群社会底层人物的脸谱。肥头大耳的光头男付钱时不屑的神情;身体娇小、年轻又怯弱的女中学生;动作缓慢,但有节有序的老人;脾气暴躁的社会小混混;横行霸道、说一不二的职场高管;火车上粗暴的乘警;第一次出远门讨生活的农民工……一一出现在他的小说中。或许我们每个人都能够在他的小说中找到和自己形象相似的角色。

生活本就是一团解不开的麻,为了追逐自己的梦想,为了生存,一直在社会底层打拼的苏忠基是"小人物"的综合体,比谁都更了解这个人群的快乐与悲哀,追求与梦想。他只是调动了自己那根最敏感的神经,把社会现象当成"调色板",用自己有些叛逆又文艺的文字还原了生活真实的本身。

最初爱上文学,喜欢上写小说是因为韩寒,现在的坚持却是因为莫言。莫言获诺贝尔文学奖,让他深受鼓舞,他说:"莫言的乡土作品,深入底层,'接地气',我的小说也是这个方向。"

确实,只有根性的文章,才是世界的,才能得到世界的认同。

2013 年 6 月,苏忠基加入了福建省作家协会,短篇小说集《独》得到了众多作家的认可和称赞。作家李东宇这样评价他的小说:"始终闪耀着一种暴力文学的光辉,还看到了一种荒诞的挥之不去的愤怒绝望。"

苏忠基是客家永定人,土楼里走出来的 80 后文艺青年。他喜欢夜晚,与"摩的"工作如影随形的夜色曾带给他无穷的灵感,而白天却是他写作的最佳时间。

他活得生机勃勃,过得忙碌而充实,根本不在乎别人怎么看他、说他,只醉心于底层社会的小说创作,靠载客生存。

"摩的"作家苏忠基对自己小说的创作方向充满憧憬,也对自己的未来自信满满。他踏踏实实地生活,努力耕耘,一定会创造属于自己的奇迹。

(原载《新青年》2014 年第 11 期)

成功不是吹牛就可以的,定是脚踏实地一步步实现。就像蜗牛,它最后爬上金字塔,肯定不是靠吹牛吹上去的。脚踏实地才是制胜法宝。

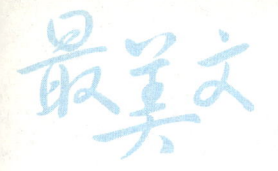

心中的向日葵

文 / 林振宇

奋斗这一件事是自有人类以来天天不息的。

——孙中山

在我心中，最美的花不是长在田野里，也不是长在花盆中，而是鲜活地长在画布上的向日葵，它散发的艺术光彩让世人为之惊羡！

由此，我仿佛看到有位画家，在原本空白的画布上痴迷地画着向日葵。他的神情是那样的专注，好像忘记了世界的存在，忘记了人生中诸多的烦恼、忧郁和痛楚，整个身心都沉浸在绘画的艺术氛围中。他不单是用笔、用心去作画，而是倾注了全部的热情，他是在用生命去作画啊！

这位画家外表丑陋，满头红发，颧骨突出，鼻子很大，紧蹙的浓眉下深陷着一双不大的眼睛，额头上布满了皱纹。他的一只耳朵也残缺了，并用纱布包裹着，这在他的自画像中可以看到，他的样子好像战场上受伤的士兵。

他为人淳朴憨厚，心存仁爱之心，曾当过教士。但他性格孤僻，行为有些荒诞，很难被人理解和接受，因此，人们都对他避而远之。

他一生贫困潦倒，生活还得依靠弟弟接济。为了购买绘画的材料，他长期节衣缩食，身体变得异常瘦弱。

他唯一的爱好就是绘画。在这方面，他没有受过专业的训练，虽然也曾向别人学习过，但他最终走上了一条自悟的道路，整天不停地画。尽管生活困顿，爱情失意，常遭同行的冷眼和揶揄，也没有丝毫减退他对绘画的追求和热忱。

应该承认，他在绘画方面有一定的天赋，但也离不开平时的勤奋努力。他喜欢自由地绘画，试图用丰富的色彩去表达自己复杂的内心世界。他的画生动质朴，风格独特，富有意境。可是，他的画生前不被人发现和欣赏，只卖出过一幅作品，也仅仅得到过 50 法郎的零花钱。

孤独、贫穷、痛苦和焦虑长期折磨着他，使他情绪失控，他疯了，用手枪结束了自己短促的生命，时年才 37 岁。

然而，他怎么也想不到，就在他离世以后，又过了 43 年，也就是 1933 年，在纽约的拍卖行，他的一幅画以高达一亿美元的价钱拍卖成交，创造了人类有史以来艺术品拍卖中的最高记录。这幅画就是《向日葵》，它的作者叫温桑·凡高，一个死后才响誉世界的荷兰画家。

由凡高我联想到：生命的意义不在长短，而在于价值。但是，价值也有一个被认知的过程。有的人，在他活着的时候，其价值很快就被人发现和认可，这种人是幸运的；还有一种人就没有那么幸运了，其价值显现得很慢，好比一颗被土掩埋的明珠，天长日久不显露，只待狂风吹去尘土，放出璀璨的光芒，世人才会看到它的价值。然而，他们再也等不到这一天了，早已沉眠于地下，无从得知了。可谓生不逢时，死后流芳。

生命的价值又是我们赋予的。如果把生命比作一张画布，最初的时候那上面是空白的，就看我们如何去绘画。若想让生命有意义，画出自己绚烂的人生画卷，不能依靠他人，因为生命的画笔就紧握在我们自己的手中！

（原载《语文报》2014 年第 33 期）

> 每个人都是人生的画家，每个人都是一张白纸，最后结果如何主要是看你怎么去画你自己这幅图画。

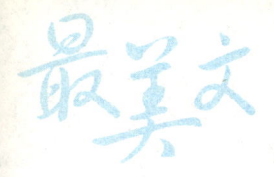

张雅文：当个女作家有多难

文 / 思想者

　　拼搏的汗水放射着事业的光芒，奋斗的年华里洋溢着人生的欢乐。

——张衡

　　张雅文出生在辽宁开原的一个与世隔绝的小山沟里，家里吃饭都成问题。所以，她被视为多余的人。

　　为了谋生，父母把她带到了黑龙江小兴安岭林区一个荒凉的山沟里，他们住的是马架窝棚，靠开荒种地度日，小雅文就是在那里度过了苦难的童年。

　　那个年代，有不少人家的孩子不上学，尤其是女孩。可张雅文一心想上学，因为她不想成为不识字的睁眼瞎，稀里糊涂地在山沟里过一辈子。从此，10岁的张雅文每天风雨无阻地走在那条荒无人烟、野兽出没的上学路上，每天要走三四个小时，往返二十多里路。

　　后来，雅文有幸进了城，在她13岁那年，小学都没毕业的她幸运地被选进体工队，成为一名滑冰运动员。在这之后的几年里，她因多次训练受伤，不得不退出冰坛，转业当上了一名会计，那一年她19岁。

　　时光飞逝，转眼间张雅文已是两个孩子的母亲了。不甘心平庸地过一辈子的张雅文，在她35岁那年，突然冒出一个异想天开、很大胆的想法，她要拿起笔,重新书写自己的人生。这种创作的激情在她的胸中激荡着,冥冥中她有一种意识,认为这或许是命运抛给她的最后一根救命稻草,也必须紧紧地抓住它,否则就再也没有机会了!

就这样,一个35岁的女人,像输光钱的赌徒一样,决定把全部生命押在文学的赌桌上。然而,这对于只有小学文化程度的张雅文来说意味着什么呢?

她既无文字功底,也无文化底蕴,更无名师指点,仅凭一股初生牛犊不怕虎的劲儿,误闯误撞地挤上了这条充满艰难的文学创作之路。

从此,她像着了魔似的,脑袋里除了构思小说,什么都没有。平时,她坐在办公室里摆弄数字,但心思根本没放在工作上,就连走路、骑车、开会,甚至做梦都在琢磨小说。

但她发现,白天明明想得好好的,可是晚间一坐在折叠的小桌前,脑袋里却空空的,什么词都没有了,坐在那儿冥思苦想,半天也写不出像样的文字。她这才意识到,文学创作并非像她当初想象的那么容易,也不是谁拿笔都能写出锦绣文章的。

她认识到,自己的文化积累太少,语言匮乏,要想写出点儿东西,就得打好基础,下苦功从头学起。张雅文利用一切可以利用的时间,一方面自学了初、高中语文课本;一方面发愤地读中外文学名著,她恨不得把一分钟掰成两半儿用。

白天上班,她把小说藏在办公桌里偷着看,下班回到家里,也一边儿摇风轮做饭,一边儿囫囵吞枣地啃《红楼梦》,有时还边切菜边背诵墙上挂的古诗词……

勤能补拙。随着写作水平的逐渐提高,她的文字也陆续地发表在报刊上。然而,有些人却向她投来异样的目光,甚至还嘲讽她说:"你一个小学生还想当作家呀?"这番话让她无比羞愤。

此时的她痛苦极了,她感觉到仿佛有人用利剑深深地刺伤了她那颗

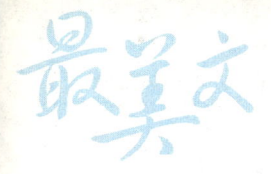

柔弱的心，她弄不明白自己到底做错了什么，别人要一次次地伤害她呢？既然选择了文学的这条路，她就要义无返顾地走下去。因为她太热爱写作了，这已成为她生命中难以割舍的一部分，任何困难都无法阻止她继续写作。她暗下决心，要用一篇篇力作证明自己，也证明给别人，"小学生也可以成为作家！"

后来，张雅文写出了《趟过男人河的女人》《玩命俄罗斯》《韩国总统的中国"御医"》《盖世太保枪口下的中国女人》《四万：四百万的牵挂》《生命的呐喊》等百余篇作品。这就是从山沟里走出来的张雅文，一步步艰难地走上文学的圣殿，还曾荣获"徐迟报告文学奖"和"鲁迅文学奖"，成了一位著名的女作家。

（原载《语文周报》2015 年第 9 期）

先天不足，勤能补拙，这世界上的任何事都难逃"认真"二字。有志者事竟成，努力、奋斗、耐心、成功大概就是这样来的。

董卿的家教

文 / 木子

家长在家庭教育时一定要记住情感教育永远都大于道理教育。

——谚语

央视当家花旦、著名主持人董卿，在接受媒体记者采访时，曾说到这样一个细节，给我留下了深刻印记，一直难以忘怀。她说，每天无论多么繁忙，回到家，她必看的一份报纸是《人民日报》。

董卿的话，让记者好生困惑，于是问道，你一个主持人，又不是从事政治工作的，为什么喜欢看《人民日报》呢？

听到记者疑惑的问话，董卿的目光中充满了深情，她说道，这份报纸其实是父亲亲自给她订阅的。说起来，自己与这份报纸还是很有缘分的。

那一刻，董卿的思绪仿佛陷入到一种遥远和过往的回忆中，她娓娓述说起来。

1995年底，当时她还是在浙江卫视当主持人。她的父亲是上海人，他很想让女儿回到上海来工作。一天，他在《人民日报》上看到一则东方卫视招聘主持人的信息，心想，这可是个让女儿回到上海工作的机会。于是，他立刻打电话告诉女儿，让她把那天《人民日报》上的招聘启事好好看看，准备参加上海卫视的应聘。

董卿听了父亲的话，心里感到很纠结。一是她当时在浙江卫视工作如

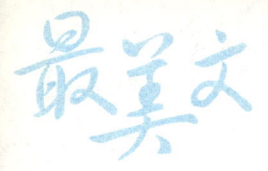

鱼得水，有自己的节目，集编导、主持人于一身，工作得很顺心；另一方面，内心里还隐隐地担心自己会被人才济济的上海卫视所淹没，有一种忐忑和不安。但是最终没能阻挡亲情的催促和召唤，她还是寄出了自己主持节目的录像带。

没想到，董卿竟顺利地被上海卫视录取了。到了上海卫视以后，父亲亲自为董卿订阅了一份《人民日报》，语重心长地对她说，作为一名站在万众瞩目台前的主持人，必须要有敏锐的政治头脑，把握正确地思想方向，只有这样，才能当好一名合格的主持人。

董卿从父亲的目光里，看到的满是期待和鼓励。那一刻，董卿读懂了父亲对女儿的殷殷关切之情。无论自己长多大了，在父亲的心里，始终装着自己，给予自己及时的指导和帮助。她感到了一种力量和坚强。

没想到，这一订阅，竟是十五年。在这些年来，董卿早就养成每天阅读《人民日报》的好习惯，就是调到中央电视台，一份《人民日报》也随着董卿订到了她在北京的单身宿舍里，也把一个父亲对女儿的牵挂和关切之情带在了身边。

作为独生子女的董卿，从小就受到良好的家庭教育，父母对她不宠不惯，十分重视对女儿的教育和培养。她的父母都是毕业于上海复旦大学的高材生，对董卿的教育主要从学习、锻炼和劳动这三方面，一点也不放松和马虎。

在董卿还没有洗碗池高的时候，父亲就让她站在板凳上洗碗。冬天水很凉，也要坚持让她洗。她小手冻得通红，眼睛里有泪花滚动，父亲装着没看见。上学后，每天早上都要让她进行长跑锻炼，无论刮风下雨，从不间断。父亲对她说，只有一个好的身体，将来才能更好地工作和学习。听了父亲的话，小董卿懂事地点了点头，跑得更欢了。

上中学时，每年放寒暑假，父亲就要董卿出去打工。她到商场当过营业员、到宾馆当过清洁工、到广播站跑过腿……这些让董卿养成了吃苦耐劳的品质。

母亲总是密密麻麻地给她列出必读的清单：《简·爱》《呼啸山庄》《战

争与和平》《红楼梦》《儒林外史》等，这些中外名著，董卿从小就已熟读，每读完一本书，母亲还要抽查、提问题，考核董卿的阅读情况。所以每读一本书，董卿都非常仔细、认真，从不敢敷衍了事。

长大后，董卿才发现，读这些大部头的中外名著，全靠当年的"童子功"。现在每每回想那一幕，董卿总是无限感慨母亲让她养成坚持阅读的好习惯。阅读，使她内心变得更丰富；阅读，使她变得更聪颖。

董卿从小天资聪颖，上学特别早，小学时，又跳了两级。在学生中，一直是个"小不点"，就是这样一个不起眼的"小不点"，德智体各方面都是出类拔萃，成为同学们学习的榜样。

董卿记得很清楚，那还是在上个世纪80年代初，父母还在淮北一个小城工作。每天吃过晚饭，父母就会牵着她的小手一起外出散步。沐浴着夕阳余晖，一家三口边走边谈，其乐融融。小董卿扎着两只蝴蝶结，一路上，蹦蹦跳跳的，不时跑到路边弯下腰，摘下一朵小野花。那一幕，让小城的邻居羡慕不已。

在这个刚柔相济的家中，良好、温暖的家风，将董卿培养成一个知书达礼、勤奋守责的人。就这样，一路走来，董卿凭着自己的聪颖和勤奋、坚强和努力，为自己的人生不断增添一笔笔绚丽多姿的色彩，在广大观众中，树立了青春、活泼、乐观的形象。

董卿的成功，离不开良好的家教。董卿充满深情地说道："父母对我刚柔相济的家教，给我插上一双坚强的翅膀，飞过高山、飞过险滩、飞向远方……

（原载《意林》（原创版）2011年第6期）

好的家教，就是优良的学习环境。父母对孩子的教育无比重要，几乎决定了孩子的未来。

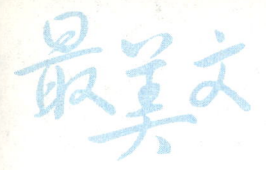

没有方向,任何风都会成为逆风

文 / 顺江

我们占据的位置并不重要,重要的是我们要去的方向。

——霍姆斯

选择北漂时,他只有 16 岁,当初找了一份汽车修理的工作,由于爱琢磨、踏实肯干,深得老板的喜爱。2007 年 9 月,神州租车刚成立,他就进了这家公司,一干就是近 8 年,积累了丰富的汽车维修及租车运营方面的经验,职位一升再升,收入逐年增加。

那年夏天的北京,大雨不断地造访,整个京城都湿漉漉的。他开着自己的车子淹没在绵延的车流之中,看到马路两边人行道上行色匆匆地赶往地铁站和公交站的人们。心想:这么多私家车,那么多焦急等车的人,如果能把私家车主组织起来,空闲座位让给等车的人,这岂不是一举多得的事情?一个人开车上班太浪费了!

十几年的汽车从业经验培养了他较强的商业嗅觉能力,他隐隐觉得这里面大有商机,当初进京时的豪情壮志在经历了十几年的沉浮后开始萌动起来。

2014 年初,刚好北京市政府颁布了《小客车合乘出行意见》,明确指出:"上下班通勤合乘和节假日返乡、旅游合乘各方当事人,可以合理分摊合乘里程消耗的油、气、电费用和高速公路的通行费用。"他觉得机会来了，在经过深思熟虑并远赴欧美一些国家考察体验后，开始筹划自己的事业。他认定自己的创业方向就是拼车市场，对象就是那些急于找车的人。2014年6月，组建创业团队，开发拼车软件，在网上创立了自己的拼车平台，并很快得到了大额的天使融资。

怎样才能让那些急于找车的人和私家车主联系在一块儿呢？他瞄准了大巴车，希望通过大巴车这个媒介来聚拢人气，积累更多的乘客用户，让人们知道有"拼车"这样一种低碳环保的乘车方式，从而完成网络平台上客户资源和线路资源的积累。

他首先选的线路是从国贸到燕郊，这是北京最为繁忙的一条线路，每天都有数以十万计的乘客往返于两地。2014年10月份以来，有一辆满身喷绘着漫画英雄的大巴车引起了众多乘客的关注。每天晚高峰时间，它都会准时出现在大望路地铁站附近，免费送乘客回燕郊。

有的人一听说免费就抢着上，有的人却不敢相信，哪有天上掉馅饼的美事啊！可看到真的有人乘坐，而且不止一次的时候，处于观望状态的乘客才放心地坐了上去。这是他公司推出的"Show大巴"，大巴车上有主持人，途中表演的各种节目让乘客们一路欢笑，享受到了别样的乘车感觉。一辆如此好玩的大巴让更多的人知道了他们的网络拼车平台，也让人们感觉到了拼车竟然如此欢乐。

由于是线上线下同时进行，所以这只是拼车模式的第一步，他更需要的是乘客和车主在他们的网络平台上及时发布出行的路线图和乘车时间信息，这样，他们才能更好地了解用户的需求，进而来拼车拼用户。于是，他们很快入驻了小米、安卓市场、安智等各大主流app平台，公众可以随时下载使用，然后在上面发布信息：什么时间、去哪里。

通过平台获得此信息的不仅有乘客还有车主，他们会根据这些信息来调度出行的时间和路线，从而完成一次成功的拼车。他借鉴运营经验和资

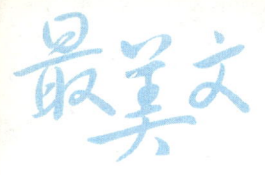

源,进行了充分的开发和整合,仅仅在内测期间,就募集到了可观数量的车辆资源。2014年10月15日,产品对外公测,在公测阶段上线刚几天时间,安装用户就达到数千人。公测开放后,后台数据迅速增长,无论从注册人数、使用率和订单数量上就已经超过团队当初的预期,达到了业内较高的水平。

他就是"接我"公司的CEO——刘辉。

"接我"的高调登场,让拼车软件业内人士感到这匹"黑马"的突然窜出将是一场"血拼"的开始。很多人认为,以往曾经出现过拼车软件,但拼车成功率很低,没有一件成功的案例,"接我"也许只是昙花一现,不会走远。还有的人认为,拼车这种低碳环保的乘车方式既给等车人以方便,又给车主减轻了负担,更让交通压力得到缓解,符合当前的社会发展趋势,前景虽乐观,但实现却困难重重。

面对众人的议论,刘辉信心满满地说:"机会总是留给有准备的人,我对这件事感兴趣,我就会把它做好。无论别人说什么,无论刮什么风,心中只要有方向就行。没有方向,任何风都会成为逆风。"

(原载《伴侣》2015年第3期)

> 仔细想想,成功不光是你努力然后这事就成这么简单。成功的因素有很多,比如你得一直努力,然后你得碰到一个好的机遇,最后你还得抓住机遇。所以,成功不是简单的事,你准备好了吗?

从文员到CEO，一个"土鳖"的奋斗

文/一切随风

必须在奋斗中求生存，求发展。

——茅盾

24岁那年，刚从南京河海大学毕业的他被学校推荐到了国家电力公司下属某设计院，同时广州一家外企的录用信也送到了他的手中。他想选择外企来锻炼自己，可是父母却舍不得这来之不易的"铁饭碗"。无奈之下，他只身一人来到同学们艳羡的北京，在该设计院的外事科担任了一名文员。

在这里，除了例行的座谈和学习，每天就是为领导整理和草拟讲话稿，做一些简单的文书管理。很快，他就发现这里清闲、做事一板一眼、按资排辈的风格并不适合自己。

他感到非常的郁闷和寂寞，幸好办公室有一台能通过电话上网的电脑。出于对互联网的喜爱以及对现实工作氛围的逃避，他主动包揽了一切需要用到电脑的活儿，长时间"霸占"着电脑，一有机会就拨号上网。互联网为他打开了一个新的世界，他在网上偷偷地兼职于广告公司，同时还自学考取了微软的工程师证。

有一次，他被借调到世界银行同一帮外国人一起工作。那里让他大开眼界，工作氛围非常融洽和轻松，哪怕你是一个项目小助理，大家也非常

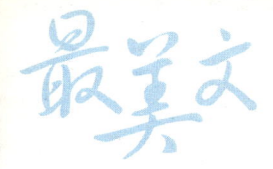

尊重你，老板和员工间可以为一件事情争吵，结果很重要但工作方式却可以很随意。他心想：原来工作可以这样做啊！

从世界银行回来之后，他在机关再也待不住了，一门心思地要离开。于是他瞄准互联网企业狂发简历，长达半年的海投之后，终于在2000年正式入职联想。

初到联想，他根本分不清什么是市场什么是销售，自己只是一个跑腿的。但是凭着他那颗聪慧的心，那种勇于探索、永不服输的精神，很快他就成为负责联想昭阳笔记本系列的公关。为了满足自己对外企的好奇，做更多酷的创意广告，2002年他又加入诺基亚，而且一干就是九年。

在诺基亚，他还是从最底层的市场专员开始干，一直干到大中国区营销及活动市场总监，全线负责所有进入中国的诺基亚产品的推广。

在诺基亚期间，他的能力和才干让他结识了视频网站的多位老大，并与优酷创始人古永锵、土豆创始人王微等人成为哥们儿。他就是土豆网新帅杨伟东。

2010年，杨伟东创业的念头产生，他不想永远活在别人的想法里，他说："当你花一点精力就能做出好的饭菜的时候，你自然开始思考要不要开始管家。"2011年，杨伟东放弃已有的高薪，和别人共同创立了麦特文化，主攻娱乐和青年文化。2012年底，麦特营收达到1个亿。

在优酷和土豆合并为一个集团后，古永锵找到杨伟东，说是想看麦特的现状，在看过更细的财务后，却问他："你能否来帮土豆，哪怕最开始只是做一个顾问，如果你来做土豆的话，会如何做？"杨伟东明显感觉到古永锵向他抛出了橄榄枝。

一周后杨伟东带着一个几十页的PPT去答复古永锵，在优酷土豆整个集团所有高管面前讲解了自己做土豆的想法。之后，古永锵再次明确邀请杨伟东加入土豆，不是打工，而是成为土豆的灵魂人物，跟土豆融为一体。

2013年3月1日,杨伟东首次以土豆网新晋总裁的身份亮相。他说:"我不是海归,而是一个土鳖,而且只是一个本科生,从最底层开始干,直到今天来到土豆,我仍然认为我的工作状态是苦逼 NO.1……"

他从没把自己看得高高在上,而总是用一种"土鳖"的心态对待自己,以一种"土鳖"的状态对待手头的工作,以一种"土鳖"的姿态对待周围的人。

为了梦想,为了做自己喜欢做的事情,只争朝夕。他随时随地把自己挂在互联网上,随时查收团队反馈的邮件,因为他知道,在追逐梦想的路上,时间永远是那根最狠的鞭子。

(原载《语文报》2013 年第 21 期)

其实每个人在开始创业的时候,都是土鳖,都是菜鸟。可是后来就拉开差距了,为什么拉开了呢?是因为对待事业的态度,你热爱吗?你付出了多少?最后三六九等就分开了。

三记耳光打出的名主播

文 / 随风

一个人的心灵隐藏在他的作品中,批评却把它拉到亮处。

——伊本·加比洛尔

他出生在台湾高雄眷村一户普通的家庭,兄妹5人,他是父母的幺儿,一家七口人挤在十几平方米的小屋子里。父亲收入很低,母亲为了补贴家用开了个家庭美容院。姐姐站在板凳上给客人洗头的场景,至今还让他记忆犹新,可是令他最难忘的还是父亲。

这是一个家规很严的家庭,诸如吃饭的时候不许发出很大的声音,看电视的时候不许大喊大叫等等。在他10岁的一天中午,一家人都在看电视新闻,他却针对电视里播出的新闻叽里呱啦地发了一通意见。没想到父亲不动声色地走过来,上去就是一记耳光,打得他泪珠在眼眶里直打转。

自此在他心里植下了一粒种子,长大后他一定要坐在主播的位置上让父亲听他讲,而且不许他讲话。聪明好学的他成绩突飞猛进,这让一家人都为之骄傲无比。

小学毕业后,父亲倾其所有让他上了全台湾最好最贵的私立中学。那天有位同学嘲笑他:"你个子那么高,如此小的便当怎么能填充你那么大的胃,你家人也太抠了吧!"

回家后他就开始埋怨父母，父亲听后一只手高高地扬在空中，这个巴掌被母亲生生拦了下来，母亲第二天就给他准备了一个大的便当。这个没有落下来的耳光却在他心里烙下了深深的印记，也让他明白了一个道理：永远不要和别人去攀比，以自己所拥有的一切为满足。

高中的学习生活更紧张了，可是他在上高二的时候却被班上一位女生迷倒了。女孩清秀婀娜的身影在他心里挥之不去，他用最好的词汇表达了自己的爱意，拿出自己最好的字体给她写纸条，约她出来吃饭。女孩对他也很上心，两人谈起了恋爱。

那次周末，女孩约他出去玩，他欺骗父亲说学校要上课，他要马上到学校，父亲听他说得这么着急，提出要骑车亲自送他去，可他却推脱说自己要步行去，坚决不让送。正当他与心爱的女孩肩并肩逛街游玩的时候，他被身后戛然而止的摩托车吓了一跳，回头一看是父亲！父亲二话没说，上前一把将他抓起，一巴掌就掴了过去，大吼一声："你这个浑儿子，回家后你给我小心！"

父亲的突然出现和暴力行为让他在心爱的女孩面前丢尽了颜面，他又羞又恨，心里充满了对父亲的怨恨。原来父亲当时发现他言辞闪烁，感觉不对劲，儿子一定有什么事瞒着自己，于是一直骑着摩托车在后面跟随着。当他结束青春岁月里这段恋曲，甚至多年后才终于明白了父亲的一片苦心，也认识到了诚实是一个人最宝贵的品质，做人永远要做一个诚实的人。

考大学时，父亲非要他报考古专业，而他却毅然选择了童年时就已扎根的梦想，他选择了大众传媒。大学尚未毕业，他就在600名竞争者中脱颖而出，被"中视"破格录用为节目主持人，随后以第一名的成绩考入"华视"任新闻记者。他就是从台湾红到大陆，被评为当今人气最旺的著名节目主持人——胡一虎。

谈起自己的人生，他总要提起自己的父亲，因为他永远不会忘记父亲

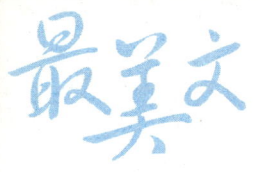

的三记耳光。这耳光让他树立了自己的目标，及时纠正了追逐目标的正确航向，更重要的是学会了该如何做人。

在自己做主播的生涯里，父亲精心剪下报纸上每一篇有关儿子的报道，积累下许多厚厚的剪报本。甚至他采访某个大人物之前准备提问，都离不开父亲的建议和启发。正因为有父亲这把大伞为自己遮风挡雨，自己才能一步步走向今天的成功。

（原载《语文周报》2014年第9期）

> 每个人都是幸运的，因为在面对人生路上错误抉择的时候，总有人站出来告诫你，这是不对的。感谢一路上那些批评你的人。

第八辑

于丹的短板

　　的确，一个人不是为了标签而活，你没法较劲地和别人说自己什么事都能做到最好，所以只有接受自己的短板，才有可能真实起来。

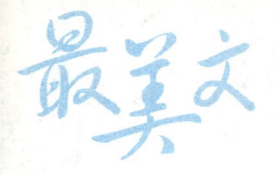

命运的主人

文 / 陈凤珍

其志,虽死犹生,不得其志,虽生犹死。

——佚名

20世纪初,她出生于美国德州休斯顿市一个普通的市民家庭,她的到来给父母带来了不尽的欢乐和笑声,温馨弥漫在家里的每一个角落。

美好总是太短暂,6岁时,父亲一场大病卧床不起,家里唯一的男人倒下了,一家人的生活似乎瞬间陷入停转状态。面对惨淡的生活困境,望着女儿稚嫩的小脸,母亲说道:"爸爸躺下了,还有妈妈,我们要做自己的主人。"而后,母亲进了一家餐厅开始干活,每天工作长达14个小时,她课余时间也卖小零食赚钱。

高中毕业后她就结了婚,并且有了三个孩子,从事着一种家庭日用品销售工作。每当晨曦微露的时候,她就已经把饭做好,叫醒三个孩子起床吃过饭后,开始一天的忙碌。为了能够多挣点钱,她把自己每周要销售的肥皂数量目标都写在卫生间的镜子上,让自己每天早上起床就能看到。

11年后,销售经验已经非常丰富的她转到了一家叫做"礼物世界"的直销公司。由于工作勤奋与业绩突出,她被任命为全美市场经理。这时候公司为她聘请了一位男助手,当她看到助手的工资协议的时候,按捺不住心里的不忿,找到老板劈头就问:"他的竟然高出我一倍,这谁是谁的助手啊?"老板的回答很干脆,因为他是男士!她再也无法忍受这种轻视妇女的行为了,一气之下便辞职回家。

回到家里,她心想:"难道妇女离开男人就无法生存了吗?"于是决定写一本帮助妇女在男人的天空下生存的书。她首先列出两张单子:一张包罗了她在曾工作过的公司里见到的种种好的措施,另一张是她认为需要改进的一面。当再一次审视自己列出的单子之后,她突然意识到自己在无意中制定了一家成功企业所必备的销售计划。

此时的她已经47岁,第二任丈夫刚刚过世,忍着剧痛掏出仅有的5000美元积蓄,她在达拉斯的一个约46平方米的店面里开始了自己的梦想之旅。最初的职员只有她和儿子理查德及9名女性美容顾问。她的公司很有特色,就是只招收女员工,目的就是希望带领帮助更多的妇女实现她们的梦想。

她买下了一个当地人发明的护肤油的配方,开始生产和销售自己最早的产品。第一年她的公司净赚近20万美元,公司的几名员工看到这个产品赚钱,也从发明人手里拿取配方自己开厂生产,并且到处宣传说自己的产品才是正宗原产。这让她陷入了一场长达四年的官司中。

愈挫愈勇的她对此一点也不灰心,而是对公司业务进行了大幅度调整,不断推出新的产品,公司业务逐年快速增长,当年销售额就突破了1亿美元,公司开始对外发售股票。过去的小店面如今已成为年销售额超过25亿美元,业务遍布五大洲36个国家和地区,在全球拥有5000名员工和180余万名美容顾问的500强跨国企业集团。

她就是美国玫琳凯化妆品公司的创始人和荣誉董事长玫琳凯·艾施。

她的公司被称为女性的"梦想公司",获得国际上不同妇女组织的多次奖励。她本人也荣获"二十世纪商业界最具影响力女性"等多种殊荣。如今,全球每年约有2000多万消费者购买约1亿4千万件玫琳凯产品。

谈及自己的创业和人生经历她就会说:"我永远记得妈妈的那句话,'女

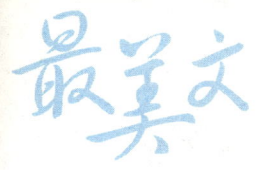

人要做自己的主人'。很多男人根本不相信女人能做什么,他们不相信女人有商业头脑,不改变这些,女人就永远得不到机会。"

无论遇到什么样的磨难和坎坷,母亲那句鼓励的话语永远激励着她,让她更有远见、更有勇气。这种永不放弃的信念使她为女性带来发挥才能和实现梦想的机会的同时,也缔造了一个化妆品直销的商业传奇。其实,不仅仅是女人,每个人都要做自己的主人来主宰自己的命运。

(原载《考试报》2013年第22期)

每个人都应该有自己独立的人格,不光是女人。每个人都应该有自己的事业或者独立的世界,哪怕是家庭主妇,也该有自己的爱好和独立的情感世界。

最有价值的球员是母亲

文/十三页

母爱是世间最伟大的力量。

——米尔

在哥哥3岁、他只有8个月大的时候，父亲抛下母子三人远走他乡。在邮局上班的母亲当年只有21岁，一边做着给全镇送信的繁重工作，一边独自一人领着两个年幼的孩子讨生活，实在忙不过来，兄弟俩就会被送到外婆那里。

那是一个星期天，母亲几周才可轮到的一个休息日。她带领哥俩到街上玩，顺便买点家用品。在路过一个康乐中心的时候，发现里面有好多在做运动的小孩子。推门进去后，感觉就像走进了游乐场一般，原来这是一个篮球训练中心。他和哥哥都提出想打篮球，当时只有8岁的他又高又瘦，不太爱说话。

母亲想：平常孩子打篮球只是偶尔为之，既然要求这么强烈，个子又那么高，就学吧，正好还可以改变下他的性格。于是，母亲给他们报了名。从此，每逢周末兄弟俩就抱着篮球到这里训练，每次比赛，母亲都会在场外给他们加油呐喊。他们喜欢上了在球馆练球和打比赛的感觉，球技得到了很大的提高。

有一天，母亲路过这里，却没有发现兄弟俩的身影，教练也正奇怪，

今天怎么没有看到他们来训练呢？晚上回到家里，他和哥哥兴奋地告诉母亲："妈妈，告诉您一个好消息，我们挣到了一笔钱！"母亲听到后不仅没有他们想象中的高兴和吃惊，反而表现出极大的愤怒，饱经风吹日晒的脸上写满了失望，伸出的巴掌高扬了半天，终究还是没有落下。

原来，他们没有去训练，而是到街头篮球场去打野球了，虽然这样能换来一些收入，缓解下家里的生活困境，可这不是母亲送他们学习的初衷。

当初进这家训练中心的时候，教练曾告诉母亲，你的小儿子发展前途最好，认真培养一定能成才，而打野球只会让孩子养成只攻不守、华而不实的毛病，对其成长极为不利，这条规矩绝对不能坏。自此，他再也不敢随意而为了。

为了提高他的整体素质，有很长一段时间，教练不让他碰篮球。他日复一日地训练，登山冲刺、长距离跑圈，而练得最多的就是俯卧撑和仰卧起坐。看着同龄的学员一个个受到篮球名校球探的青睐，而对自己却视而不见，他觉得快撑不下去了，甚至对自己丧失了信心。

他把自己的抱怨告诉教练后，教练只回了一句话："如果你不想打篮球了，那去当个芭蕾舞者好了。在你下决心做职业球员前，别和我说话，别再来找我。"

母亲看到他的样子，鼓励他道："孩子，别太在意，他们错过了你，但很快他们就会知道自己错得离谱。只要你认真打球，坚持下去，总有一天他们会后悔的。"母亲的话犹如一剂强心剂，为他增添了无限的勇气，当别人还沉浸在美梦中的时候，他已经在母亲的督促下开始了一天的锻炼。

长期的训练，使得他的球鞋烂了一双又一双，由于脚太大，没办法，母亲就在网站上为他淘来女式的篮球鞋，那些都是WNBA球员穿过的二手鞋。他一看这样的鞋子，对母亲说道："太丑了！不仅又破又旧，还是女生穿的鞋子，你让我怎么穿得出去？"母亲一脸严肃地说："你关注的是你脚上的鞋，而赛场上人们关注的却是你手中的球！"

一句话让他羞愧难当，一双昂贵的球鞋，对母亲来说就是母子三人半个月的生活费啊！他的训练越来越刻苦，球技健步如飞，参加的比赛越来越多。在他刚上大学没几个月的时间里，就成为了全美前十强得分手之一，世界上越来越多的人知道了他的名字。

他就是美国 NBA 联盟球员凯文·杜兰特，摘得了一个又一个大奖。2014 年 5 月，他以绝对优势压倒詹姆斯和格里芬两大劲敌，强势荣膺 NBA 常规赛"最有价值球员"。

但丁说："世界上有一种最美丽的声音，那便是母亲的呼唤。"在领奖发布会上，面对记者们的镜头和提问，手捧 MVP 奖杯的杜兰特几度哽咽，他流着泪说道："我最要感谢的就是我的母亲，是她不断鞭策着我，是她一路指引，我才走到今天，她才是真正的 MVP。"

（原载《语文周报》2013 年第 41 期）

在这世界上，没有哪种声音比母亲的呼唤更悦耳；没有哪种力量比母亲的爱更坚韧。为了那个爱你的女人，去奋斗吧。

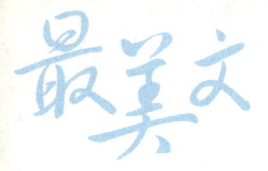

把糟糕数字念上 50 遍

文/飞鸿

对于不屈不挠的人来说，没有失败这回事。

——俾斯麦

那年，21岁的他以一名见习工程师的身份在福特公司上班，整天面对那些毫无生气的机器，他感到非常的枯燥，他喜欢做的事情就是和销售部门的人打交道。经过一番努力，他终于找到一个机会，成了一名销售员。

真正地做起了销售，才感觉到其中的艰辛。为了跑客户，他一连几周没有睡过囫囵觉，午餐经常是胡乱打点一些，填饱肚子即可，磨破嘴皮同买主介绍本公司汽车的特殊性能。竭尽全力的付出终没有白费，很快他就被提拔为宾夕法尼亚州威尔克斯巴勒的地区经理。

那次，在公司销售地区的经理吹风会上，总经理公布了当月的销售排名情况。当时他心里紧张极了，他知道自己当月的销售业绩不好，但不知道自己的销售业绩情况竟如此糟糕，排在了最后一名——第十三名。散会后，情绪低落的他懊恼地念叨着这个不祥的数字，脚步沉重地向电梯走去。

这时，走在后面的福特公司东海岸经理查利赶上来拍着他的肩膀说道："老伙计，不要这样垂头丧气的，总会有人要得最后一名的，何必如此烦恼！我也有过垫底的经历，心情要好起来哟！你这样嘴里不停地念叨这个数字还不如查着楼梯级数走下楼呢，说不定没到楼下就想到好的办法了。"

说完他走开了，不过他又回过头来说："但请你听着，可不要连续两个月都得最后一名。"

为排解心中郁闷，也为了捋顺自己的思路，使自己更清醒地想想以后，他听从了查利的建议。静下心来顺着楼梯走下去，嘴里数着楼梯台阶数，心里却还在念叨着这糟糕的数字，当数到第50级台阶的时候，他突然停住了，"目前销售的是1956年型福特汽车，56、56……"一个绝好的销售办法浮现在脑际。

他开始实施自己新的销售计划，很快贴出自己的销售海报——"花56元钱买五六型福特车"，凡购买一辆1956年型的福特汽车，只要先付20%的货款，其余部分每月付56美元，3年付清。

这样的销售方案让一般的消费者都能够负担得起。这个诱人的广告，也使福特汽车在费城地区的销量像火箭般直线上升，仅仅3个月，他就从原来的最末一名，一跃而居全国第一位。

福特公司把这种分期付款的推销方法在全国各地推广后，公司的年销量猛增了7.5万辆。他也因此名声大振，不久，就晋升为华盛顿特区经理。

他就是上世纪80年代及90年代初曾经创下24亿美元盈利记录的美国商业偶像第一人艾柯卡。

无论生活还是工作中，每个人都难免遇到糟糕的低谷、困境和挫折，而解决的办法也总会在不经意间闪现，只要你静下心来，转机也许就在你下楼转弯的那一刻开始出现。

（原载《当代青年》（我赢）2014年第7期）

人生就是翻越一座座山峰，有高峰，也有低谷。巧的是，只有经历低谷的人才能攀上新的高峰。

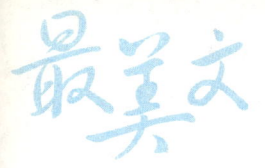

于丹的短板

文 / 雪雪多多

知人者智，自知者明；胜人者有力，自胜者强。

——老子

在不少人眼中，满腹经纶的于丹是最受欢迎的"段子大王"和"学术超女"，称得上"中国第一才女"。其实，在现实生活中，于丹是短板多多的小女人。

于丹生来偏科，一直对数学不感冒。一次在饭桌上，已经上小学二年级的女儿问于丹："妈妈，527减107，等不等于527减100加7？"于丹想了想，回答说："等于啊。"女儿于是就让妈妈算算看，于丹停了筷子认真一算，才知道自己错了。

于丹的错误惹得在场所有人都哈哈大笑，她却不恼不火，说："数学计算失误，确实是我的短板，但这个短板至少也带来了两个长板效应。第一，它激励了女儿——女儿会想，连妈妈都被我考下去了，以后我得再接再厉，给她出更多的题。这样一来，她不就更热衷于学习数学了？第二，失误也让我意识到了一点，凡事都别被自己的惯性思维给耽误了。拿今天这件事来说，在对待一件已经认定的事情上，我稍稍多花了一点功夫去仔细分辨，结果发现它是一个伪命题。长此以往，我会扔掉越来越多的伪命题，烦恼也会越来越少。这样说来，短板有什么不好呢？"

于丹反观短板的态度，说得在场所有人心服口服。

于丹的方向感极差，在学校里，她经常为找不到图书馆或哪个教学楼而气急败坏。于丹曾去过北极，也曾去过南极，分别见过北极熊和企鹅。

一次，在学生面前，她讲到"北极的企鹅"时，底下哄堂大笑。学生们纷纷起哄："企鹅是南极的！"陷入尴尬的于丹非但没有为自己争辩，反而谦虚地承认："不得不说，方向感差也是我的一个短板，但这个短板也经常带给我欢乐。比如，当我站在南极点时，我终于可以肯定地说：我40多年都找不着北，但此刻，我往任何一个方向它都是北！"

于丹这次谦虚而幽默地对待短板的态度，同样也让学生们折服。

偏科、糊涂，对待这些短板，于丹从不避讳。于丹曾说丈夫娶她完全是"收容"她，主持人杨澜曾对她超差的方向感百思不得其解，却实在佩服她老能记住一些故事，信口拈来就是一个又一个富有深意的段子。

这次，于丹照样搬出自己的短板进行解释："你想想，我是个连家门都记不住的人，可想而知，我大脑里腾出的内存空间比你们的都大。既然内存大，如果我再不记住点什么，不就直接被国家'收容'了吗？"

的确，一个人不是为了标签而活，你没法较劲地和别人说自己什么事都能做到最好，所以只有接受自己的短板，才有可能真实起来。

（原载《意林》（作文素材）2014年第7期）

这世界上，没有谁可以做到让谁都满意，所以我们每个人都可以随心所欲地做自己，且不需要考虑别人怎么看你。

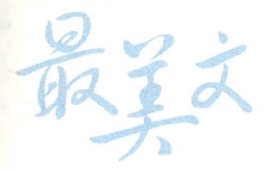

浪是海的花，心是灵的魂

文 / 张君燕

爱之花开放的地方，生命便能欣欣向荣。

——梵·高

她出生在一个良好的家庭，自幼聪颖好学，小小年纪便通晓了很多知识。也许是性格原因，她生性寡淡，不喜欢与人交流，对待自身外的一切事情都漠不关心。她从不接受别人的惠赠，也拒绝对别人施以援手。刚开始，父母并不以为意，以为等她慢慢长大，就会有所改变。

直到一个春日的午后，六岁的她独自坐在院子里玩耍——她一向不喜欢和别的小朋友一起玩。她的目光被一只可爱的小猫吸引着，小猫时而伸出爪子挥舞，时而调皮地就地打滚，她被小猫可爱的动作逗得咯咯直笑。

忽然，正陶醉在自己"表演"中的小猫，一不小心退到了花园里的池塘边，后腿已经腾空。两只前爪死死地抓着池塘的边缘，嘴里发出惊恐的"喵喵"声，大大的眼睛用乞求的眼神望着她。然而她竟然无动于衷，像没有看见一样转身走开了！

这一幕恰巧被走过来的父亲看到，他急忙跑去把小猫救了上来。看着她冷漠的眼神，父亲认识到了问题的严重性，心里产生了深深的隐忧。父亲知道，必须要让女儿抛弃冷漠，学会关爱。

一天，父亲带着她来到海边，此时的海面风平浪静、波澜不惊。第一次看到大海的她激动地张开双臂，兴奋地在沙滩上跑来跑去。大海的宽广和雄伟让她深深折服，父亲适时地说："大海之所以能够成其宽广，跟它广阔的胸怀是分不开的。只有心大了，才能容纳得更多，如果把自己的心门关紧，又怎能拥有宽广的人生呢？"父亲意味深长的话让她若有所思。

不大一会儿，海面沸腾了起来，一波一波的海浪奔涌着，激起了很多洁白的浪花。父亲说："这些浪花美吗？"她的眼睛紧紧地盯着海面上的浪花，认真地点了点头。

父亲又接着说："其实，浪是海的花，海的宽广激起了美丽的浪花，而美丽的浪花又点缀了海的辽阔。只有付出了美，才能得到美，美与美可以相辅相成，互为因果。对人而言，心是灵的魂。只有心内充满爱，能慷慨地给予爱、施舍爱，自己的生命才算有了灵魂。而付出的这些爱则会让你收获更多的爱。"

悟性极强的她听完父亲的话，猛地怔住了！看着波涛汹涌的大海，她的内心也似掀起了巨浪，她在阳光下尽情泼洒着海水，看一朵朵浪花在阳光下灿烂地绽放。她知道，那是美的绽放，是爱的盛开。

后来，她像变了一个人似的，一改往日冷漠的性格。她开始积极地与人沟通，慷慨地付出爱，也接纳别人给予的关心和爱。积极的生活让她对一切都感到了好奇，尤其是对美国的南北战争产生了很大的兴趣。之后，她用了近十年的时间完成了一部足以震撼整个世界文坛的小说《飘》。

她就是美国著名的女作家玛格丽特·米歇尔，《飘》的出版使玛格丽特几乎在一夜之间变成了当时美国文坛的名人。就在小说问世的当年，好莱坞便以5万美元的价格购得将《飘》改编成电影的权利。由大卫·塞尔兹尼克执导的电影《乱世佳人》于1939年问世，并引起了巨大的反响。

之所以能够把南北战争的腥风血雨中绽放的爱情描绘得如此扣人心

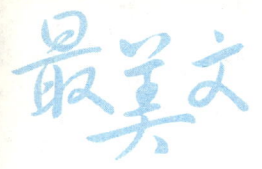

弦,与父亲当年对她的"爱的教育"有着莫大的关系。许多个夜深人静的日子,她都会在心里默默念诵父亲对自己说的那句话"浪是海的花,心是灵的魂",这句话一直像广阔的大海一样激励着她。因为有了海的胸怀为路,因为有了太阳的心跳为脚,从而让她在人生之路上稳稳前行。

(原载《语文报》2012年第9期)

　　一个缺乏关爱的人,注定是冷漠的,没有人情味的人生该是多么可怕啊!学会关爱,就是学会了对待生活的态度,就是学会了爱人,就是热爱生活。

把失败的路再走一遍

文 / 紫蓬客

世界上最重要的事,不在于我们在何处,而在于我们朝着什么方向走。

——奥立佛·温德尔·福尔摩斯

演艺这条路,他一直走得不顺。

他是有天赋的。初中毕业不久,他就签约了太平洋唱片公司。跟他一同签约的还有毛宁与杨钰莹。这两位后来都红了,只有他,一直默默无闻。后来,居然连歌也没的唱了,只能沦落为杨钰莹的伴舞。

1994年,他离开太平洋公司,来到北京,在酒吧里当驻唱歌手。住在郊区的民房里,大冬天的,每天蹬两个钟头自行车去酒吧唱歌。这期间,他认识了许多同他一样在酒吧里卖唱的朋友,例如周迅、满文军、满江、零点乐队、沙宝亮等。这些人相继大红大紫,又只有他,像一枚干枯的稻草,黯然的,被世界遗忘在一个阴暗的角落。

2000年,通过朋友高虎的推荐,他开始演电影。虽然也演过主角,但是大多都是诸如士兵甲、路人乙的小角色。微薄的片酬,根本无法维持他在北京的生活。他睡过桥洞,吃过饭店的剩饭,捡过垃圾堆里的衣裤。他的内心充满了不甘与酸楚,就如暗夜里的一只狼,忍受着饥饿与凉寒,时不时对着苍天明月发出一声凄厉无言的嚎叫。

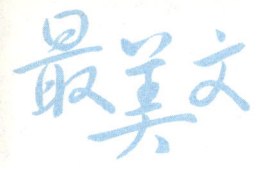

30岁那年,有朋友劝他:"改行吧,演艺界向来都是年轻人的天下,你不能再耗下去了。又何必在一棵树上吊死?"

以后的路到底怎么走,是改行,还是继续耗?他的内心充满了彷徨。

可是不久他就想通了,继续在各大片场蹭一些小角色。朋友见了,不由感叹:"这是何苦呢?"他笑笑:"演艺这条路,我虽然一直都不顺,但是却积累了许多经验教训与人脉关系,若是改行,一切还不都得从零开始?"

就这样,他又开始了艰难的尝试与坚持,事业终于慢慢有了起色。2009年,他在电影《斗牛》中饰演牛二。有一次拍摄,在一座石头山上,三五百米高。场工上去一回都累得直喘,他却要一个镜头从山底跑到山顶,跑三四十趟。戏拍了3个月,鞋子磨破38双。

付出总有回报!凭借该剧,他一举夺得第46届金马奖最佳男主角。从此,事业步入坦途,仅09年,他就参与演出了十部电影。

他就是黄渤,一个俗事历尽朴实无华的山东汉子。

如果方向是正确的,失败的路不妨再走一遍。失败的路,虽然不好走,甚至还会勾起许多惨痛的回忆,但是哪里有沟,哪里有坎,早已了然于胸。相对于那些充满未知与风险的陌生之路,实在好走得多!

(原载《初中生》(博览)2014年第1期)

> 人生重要的不是所在的位置,而是所处的方向。方向对了,即便吃再多苦受再多罪,最终都可以走向成功。

找个合适的位置

文/潜川游子

  命运不允许我们做出其他的选择，我们只能勇往直前。

——谚语

  这个世界上，有一些人，他们具有贝壳一样的智慧，总能把受过的伤凝成珍珠。

  1998年，12岁的罗伯特·帕丁森成了一名模特。当时，他的个子已经很高，并且有一张俊美得像女孩子的面庞。当时的英国，中性是很酷的，中性美是极为流行的。所以，找他签约的模特公司特别多，他迅速在英国蹿红。

  几乎没费力气，他就站到了成功的巅峰。无数的鲜花与掌声，闪花了他年少纯净的眼睛。

  然而，四年后，忽然所有公司都不再和他签约了。因为，整整四年过去了，他已经长成了一位帅气而阳刚的小伙子。中性美，他再也不具备了。他陷入了深深的失落之中，他实在想不通，阳刚俊美的面庞居然成了事业的绊脚石！

  他彻底失业了。寂寞的时候，他就坐在屋后的小山上，蓝天白云下，眉宇间是深深的忧伤。父亲放下了生意，赶回来安慰他，看着慈祥宽厚的

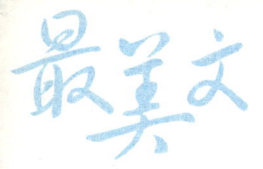

父亲，他终于无助地落下了泪水："难道长得阳光帅气也是罪过吗？"

"不，宝贝，阳刚帅气是你的优点，这也是我和你妈妈最大的骄傲。"父亲目光沉静，语调舒缓，"但是孩子你要记住，就算是优点，如果放在了不合适的地方，也会成了缺点！"

"不合适的地方？"罗伯特大睁着明亮的泪眼看着父亲。

"是的！阳刚帅气的造型放到崇尚中性美的模特界，就成了缺点。但是换个地方呢？比如说表演戏剧或电影……"

罗伯特觉得眼前一下子亮堂了，迎着春风，他微笑着擦干了泪水。

从此，罗伯特一心扑到了影视表演上，然而，这条路是坎坷的。有一次，他好不容易被一位印度女导演相中，参与了名著改编片《名利场》的拍摄。但是，罗伯特的戏少得可怜，然而就是这少得可怜的戏份最后也被剪掉了，他仅仅出现在了DVD版中。

但是，罗伯特一直在坚持，他就像贝壳一样，在黑暗中默默聚集着力量。

2008年，在浪漫奇幻电影《暮光之城》中，罗伯特饰演神秘迷人又邪气俊美的吸血鬼——爱德华·卡伦，终于取得了巨大的成功。他阳刚迷人的扮相迷倒了全球亿万影迷，被美国《时代》杂志评为最性感的男明星，成为全球新一代青春偶像。他终于为自己阳刚帅气的面庞，找到了合适的位置。

人要有贝壳般的智慧，为自己找一个合适的位置，即便是伤口，也能凝作珍珠。

（原载《幸福》（悦读）2010年第3期）

每个人都是独一无二的，那些熠熠生辉的闪光点，如果找到合适的舞台，就会最大化地成就自己。发现你的闪光点吧。

做替补，也一样可以气象万千

文 / 佳音

当你的希望一个个落空，你也要坚定，要沉着！

——朗费罗

一个女孩，1981年8月出生在浙江东阳外婆的家里。她虽然皮肤不那么白皙，但长得十分秀美，从小生性活泼，天生爱笑，上扬着嘴角，整天笑容洋溢。

她天资聪颖，从小喜欢朗诵，喜爱表现，读书成绩一直优异，当一名主持人是她小时就有的梦想。1999年7月她考入浙江传媒学院播音与主持专业。

上大学时她显得有些漫不经心，有时还翘个课，但她的学习成绩却很好，总是保持着年级前十的位置。甚至她的班主任也常在班上说，要想持有播音主持时的最佳状态，一定要向她学习。

"就业的压力无时无刻都在，不要抱怨好的就业机会稀少，从象牙塔走出来，多一份付出，就多一份机会。"刚上大二，女孩对未来就有着清醒的认识。那年暑假，她找到了去杭州电视台实习的机会。但开始半个多月没有让她做任何事情，人家各自忙各自的，旁若无人，不会有文稿给她看，也不会主动教东西给她。

中午的时候，工作人员休息，没有座椅，她只能坐在桌子上。这时

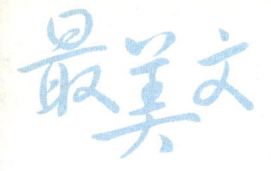

　　她想，不能白耗着，于是她就利用这个机会，向台里的工作人员借策划案看，了解策划的格式、采访需要列的提纲等等。她一直都觉得做事情需要主动性。她还主动去"看"，看一个电视台是如何运作的，看主持人是如何主持的，看编导是如何与主持人沟通的，看节目是如何策划出来的。因为实习期间表现出色。终于，实习快要结束时台里给了她一次上节目主持的机会。

　　2003年大学快要毕业时，巨大的就业压力使她感到茫然不知所措，甚至考虑是否还做不做主持人。她去浙江卫视面试，被刷了下来。这时湖南台觉得她长得像徐静蕾，打算招她去实习。正当她准备背井离乡时，浙江卫视一个即将开播的节目《气象万千》的女主播离开了，这档节目再有两天就要开播了，台里领导急得像热锅上的蚂蚁。

　　这时，台里另一个领导想起了一个长得不白、语言表达什么都不是很好，但主持状态特别轻松、笑容特别灿烂的一个小姑娘。于是，为了满足母亲希望她留在杭州的心愿，为了离家近一点，她就成为了浙江卫视的一名替补主持人，没有聘书，也没有薪酬。

　　《气象万千》是一档周一到周五每天播出的节目。"既然要我来做节目，那我就尽全力，做出自己的风格来。"她很珍惜这个来之不易的机会。然而当时在镜头前笑得阳光灿烂的她还没有拿到毕业证书，虽然每天都有十多分钟的上镜时间，但服装要自己准备，食宿得自己搞定。同学都奔向全国各地，大多有了好的归宿，一个没有聘书和薪酬的工作让她惴惴不安，她感觉自己徘徊在失业的边缘。每次做完节目，回到家她就抱着枕头痛哭，不知希望在哪里……

　　半年以后，原本以为自己的努力会让生活有些改观，未曾想，台里却告诉她，她欠了台里好几千块钱。原来那半年，每个月制片人给她的两千块钱都是节目组暂时借给她用的。她一下子懵了，似乎被逼得走投无路。

　　欠下的钱如何去还？每天的节目还得"强颜欢笑"、调整到最好状态去完成，下面的路该怎么走？

她睁开婆娑泪眼，心想，服装可以谈靠赞助得来，食宿费可以利用空闲的时间做商演来赚取。她相信，只要努力付出，总有一天会有人看到你，会认可你。

一年后，电视台的年会上，这个替补的主持人，用一段绍兴话说气象的节目征服了台里所有的领导，台里的领导打趣说："这么好的女孩，为什么不聘下她？"

或许是因为领导的那句"玩笑话"，或许是因为她一直用心做每一期节目，《气象万千》即将结束时，她得到了新人审核的最高分，于是她拿到了聘书，成为浙江卫视正式主持人。

她就是朱丹。

她先后主持过《新闻晚报》《娱乐财富》《太可乐了》《朱丹非常态》。2008年11月与华少、左岩、沈涛浙江卫视四大主持开始主持大型歌唱、娱乐、游戏、慈善互动栏目《娱乐星空》第一季之《爱唱才会赢》；2010年11月搭档戴军主持《婚姻保卫战》；2011年4月起任《中国梦想秀》栏目主持人。2008年朱丹荣获全国最佳主持新人奖；2009年3月被提名华鼎奖最佳表现女主持人奖，成为浙江卫视的当红一姐。

怀揣梦想，全力以赴，孜孜以求，做好你自己，即便是替补，总有登台亮相大展宏图的机会，也一样可以气象万千，迎来天高地阔。

（原载《语文报》2012年第31期）

梦想是可以创造奇迹的，只要自己不放弃，它都会在某一时刻开花结果，带给你胜利的果实。我们缺乏的不是梦想，而是一份永不言败的积极心态。

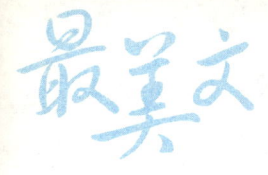

一张信纸上的46个名字

文 / 澳大利亚

友谊是人生最大的快乐。

——休谟

他是个怪人。

他很少说话,经常迟到,脾气还特别大。我没见他跟谁一起走过路或者吃过饭。最让我印象深刻的是,他每个学期的学费总要拖很久才能交。

他成绩不好,又不大合群,因此,同学老师都不太喜欢他,尤其班主任,隔三差五就在课堂上点名让他交学费。他不说话,把头拉得很低很低,像要塞进课桌里一样。

再后来,他与我同桌,可不到一周,我们就被调开了。

他喜欢把书堆得乱七八糟,有时还会闯进我的地界。我和他不熟,因此,就会板着脸数落他。有一次,我怒了,指着他的脑袋问他:"你怎么这么没有家教呢?你爸爸是怎么教你的?"

因为这句话,他忽然跳起来踹了我一脚。年少血气,我哪儿忍得住?我们大干了一场之后,彻底成冤家仇人了。

后来很长一段时间,我都想不明白,为什么他会忽然莫名其妙地跳起来打我。

初二上学期,他继续欠缴学费。班主任天天站在讲台上点名,问他具体什么情况,是不是有什么困难。他仍旧不说话,把头埋得很低很低。

那时,他大概十五岁吧,因为没人愿意和他同桌,加上他学习成绩极为糟糕,所以被调到清洁区的角落里一个人坐。

没人理他,他也没有朋友。体育课,他通常都是一个人躲在教室里睡大觉。很快,我们便把他忘却了。

初二票选,班长是个女生,不但温善勤奋,还弹得一手钢琴,因此人缘超好。

体育课自由活动的时候,她拿着一张绿色的信纸来找班里的每个人签名。她说还有一年就毕业了,想把大家的字迹都留在一起,这样比较有意义,而且,只要签字,就免费请喝一瓶可乐。所有人都高兴坏了,争先恐后地跑过去签。

最后,46个人拿着46瓶可乐回到教室,有说有笑,更把角落里的他衬显得孤独与落寞。

再后来,他变成了另外一个人。起初我以为是错觉,后来一问,大家都这么认为。

他不但把整个班里的卫生都承包下来,还天天顶着大太阳去操场上提水给同学喝。最离谱的是秋季运动会,他陪跑、送糖水不算,还把加油两个字喊得比谁都热血沸腾。

没人知道他到底经历了什么,为什么要这么干,但他的行为的确像一颗颗晶莹的水珠,在努力汇聚的同时,也已把周围的心灵全然濡湿。

很多人觉得感动,纷纷对他伸出援助之手。有人帮他补习,有人给他买早餐,甚至有人提议在新学期秘密募捐,帮他把学费的问题给解决掉。

期末考试过后,他虽然只是中等,但仍旧被选为年度进步最大的优秀学生,并上台发言。

那是我第一次见他流泪,他从兜里掏出一张绿色的信纸,小心翼翼地摊开:"我是个单亲家庭的孩子,爸爸很早就去世了,妈妈一个人带着我和

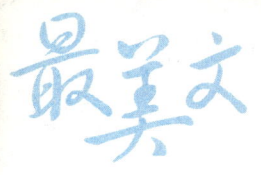

弟弟,很辛苦。那天我来得很早,打算收拾书本然后退学,没想到,竟收到了这封信。真的很谢谢大家对我的帮助,之前我还一直担心你们会看不起我……没有你们给我凑的学费,我可能已经是苦命的煤炭工……"

所有人都看清楚了,在那张绿色的信纸上,有46种不同的笔迹和46个熟悉的名字。

没人说话,也没人转头去看班长。很久之后,教室里才响起潮水般的掌声。

(原载《读者》(校园版)2013年第14期)

> 每个班上都有这样一个人,他自闭、自卑,而且敏感得要死,他总是最不合群的那一个。可是,人总要长大的啊,然后就遇上那么一帮子同学。那些男孩子教会我成长,而那些女孩子,教会我爱!